照れ降れ長屋風聞帖【十五】

龍の角凧

坂岡真

双葉文庫

目次

雪《ゆき》猫《ねこ》

一

まるで、微笑《ほほえ》んでいるかのような死に顔だった。

正座したまま小机のうえに俯《うつぶ》し、首を横に曲げて蒼白《あおじろ》い顔だけを軒先に向けている。

薄目を開けているので「おや、こんにちは」と、今にも声を掛けてきそうな錯《さっ》覚《かく》さえおぼえた。

「代書屋のおきた、齢《よわい》二十九、独り者で身寄りはなく、この直助店《なおすけだな》に二年前から住んでおりやす」

後ろに控える仙三《せんぞう》のことばにうなずき、八尾半四郎《やおはんしろう》は雪駄《せった》を脱いで板間にあがった。

今しがたまで軒先に群がっていた貧乏長屋の住人たちは、面倒な関わりを避けたいのか、いつもと変わらぬ顔で家や仕事場へ戻っていった。時折、洟垂《はなた》れどもが興味津々《しんしん》の体《てい》で駆けよってきたものの、半四郎が仁王顔《におうがお》で睨《にら》みつけてやると、蜘蛛《くも》の子を散らすように逃げていった。

「首、絞められてんな」

「あ、ほんとだ」

髪結《かみゆ》いが本業の仙三は鶴《つる》のように首を伸ばし、慌ててほとけを拝む。

殺された女の白い首筋には、くっきりと指の痕《あと》がついていた。

半四郎は大柄なからだを丸め、襟白粉《ぱっちり》の薄く引かれたうなじに鼻を寄せる。

犬のようにくんくんと、遺体の臭いを嗅いだ。

「まだ二刻《ふたとき》（四時間）と経《た》っちゃいめえ。仙三、今あ何刻だ」

「へ、明け六つ（六時）から半刻ほど経《や》ちやす」

「するってえと、ほとけが殺られたなあ丑三《うしみ》つあたりか。長屋の連中が寝静まっているころだな」

「そうなりやすね」

「下手人《げしゅにん》を見た者もいねえし、物音を聞いた者もいねえってわけか」

「残念ながら、今んところは」

二十歳過ぎから定町廻りの役に就《つ》いて十余年、屍骸《むくろ》の臭いを嗅ぐだけで死後何刻かも言いあてられる。無残なほとけは嫌というほど眺《なが》めてきたが、幸せそうに微笑んだほとけを目にしたことは稀《まれ》にもない。

半四郎はかたわらの行灯《あんどん》に目を移し、火皿の油を化け猫よろしく舐《な》めた。

「仙三、菜種油《なたねあぶら》だぜ」

「そらまた、贅沢《ぜいたく》な」

一合で四十文、それが三日で消えてなくなる菜種油の値段だ。小汚い九尺《くしゃく》長屋に住む貧乏人ならば、煙と悪臭に辟易《へきえき》しながらも安価な魚油《ぎょゆ》を使う。恋文の代書屋という商売柄、灯りには贅沢をしていたのだろうか。

「仙三よ、懸想文《けそうぶみ》一枚綴《つづ》っていくらになる」

「四十文も稼げりゃ御の字でやしょう」

「一枚で菜種油一合か。わるくねえ商売だな」

「そのほとけ、ここいら新橋界隈《しんばしかいわい》に根を張る芸者たちのあいだじゃ、重宝されていたようで。なにせ、天神さまも驚くほど字が上手《うめ》え。相手の気持ちがぐらりと動くような文面をさらさら書いてのけるってんで、評判を聞きつけた町娘たちまで順番待ちの列をつくっていたとかいねえとか」

「ふうん」

半四郎は背帯から十手を引きぬき、遺体を丹念に調べはじめた。

首筋についた指の痕を除けば、これといった外傷はなさそうだ。

「お、こりゃ何だ」

俯した遺体の胸元から、角張った紙の端が覗《のぞ》いている。

摘んで引きだしてみると、高価な美濃紙《みのがみ》の包みで、封じ目に「通《かよ》う神《かみ》」と書いてあった。

「懸想文でやんすね。通う神ってな、道中の無事を願うまじないだ」

仙三はひとりで納得し、おもむろに流行《はやり》の地唄《じうた》を唸りだす。

「……澄まぬ心に澄む月の、何が辛気《しんき》の種じゃやら、尻目遣《しりめづか》いもよそにして、まかせぬ首尾を事情《わけ》あるように、愚痴《ぐち》な台詞《せりふ》は恋の実《じつ》、末は野となれ山水の、神に縁《えにし》をまかせなん」

懸想文の封じ目によく見受けられる「通う神」とは、恋の仲立ちをする道祖神《どうそじん》のことだ。仙三の言うとおり、恋情《おもい》が相手に通じるようにとの願いを込め、まじないとして記される慣習にほかならない。

「八尾さま、土間の端っこにあんなものが」

「ん、炭俵《すみだわら》か。俵ごと買うたあ、豪儀《ごうぎ》だな」

貧乏人が煮炊《にた》きに使うのは安価な炭団《たどん》で、贅沢品の炭は買ったとしても行商から秤買《はかりが》いするのが関の山だ。ある程度暮らしに余裕のある武家や商家でもなければ、俵ごと買うことはまずあり得ない。

「俵面に『さくら』と書いてありやすね」

「桜じゃねえぜ。下総《しもうさ》の佐倉炭《さくらずみ》さ。ほら、焼き印も押してあんだろう。丸に竪木《たてもっ》瓜《こう》ってのは佐倉藩の家紋だ。どっちにしろ、貧乏人にゃ手の出ねえ高価な代物だな」

「ひょっとすると、あの炭俵が物盗《ものと》りの目を引いたのかも。つまり、こいつは金品目当ての殺しってわけで」

仙三の指摘を無視し、半四郎は文に目を戻す。

わずかにためらいつつも、封じ目を破った。

他人の秘密を覗くようで、気がひけたのだ。

「八尾さま、何が書いてありやす」

「待ってろ、今読んでやる……ええ、寝ても覚めても、御身のお顔が瞼《まぶた》の裏に浮かんでまいらせそうろう」

「へへ、まちげえねえ。商売女が遊客に宛てた懸想文だ」

「こら、黙ってろ」

「すんません」

「つづきを読むぞ……ええ、初雪の降りし朝、御身が雪猫をおつくりくださりしこと、雪のごとき白無垢《しろむく》を着せてやりたしとお笑いになったあのお顔、いずれも忘れがたきものにてござそうろう。数々のよしなしごとでさえも、おもいだすだに愛《いと》おしかり。ああ、お逢《あ》いしたい、一刻も早くお逢いしたいと、耐えがたきおもいは募るばかり。どうか、どうか、いま少し再会のときをお待ちいただけますよう。ふたりのおもいが成就《じょうじゅ》することを祈りつつ。かしこ、さだ吉《きち》」

「ぐっときたねえ。たとい、真っ赤な嘘とわかっていても、遊女の切ねえ恋情ってやつを信じたくなる。さだ吉ってのは、たぶん、権兵衛名《ごんべえな》でやしょうよ。八尾さま、いちおう、当たってみやすか」

「ああ、頼む」

「宛名がありやせんね。ま、どうせ、金に飽かして廓通《くるわがよ》いにうつつを抜かす大《おお》

店《だな》の若旦那あたりでしょうけど」、
　半四郎は返事もせず、殺しの情況を頭に描く。

　仙三が先取りして言った。

「代書屋がさだ吉に頼まれた懸想文を書きおえ、小机に俯して居眠りをしていたところへ、下手人はそっと後ろから忍びより、両手で首を締めあげた」

「ま、そんなところだな」

　指の痕跡から察するに、首を絞めたのは男であろう。

「八尾さま、目星はおつきで」

「阿呆《あほう》、急《せ》かすんじゃねえ」

　人を殺《あや》める理由には、三つある。

「金か恨《うら》みか口封じ、四つ目があるとすりゃ情痴《じょうち》のもつれ。そいつを教えてくれたな、旦那でやんすよ」

　仙三は壁際の鏡台まで躙《にじ》りより、抽出《ひきだし》を開けて奥をまさぐった。

　朱塗りの文筥《ふばこ》を目敏《めざと》くみつけるや、蓋《ふた》をかぱっと外してみせる。

「おっと、小判が三枚と小粒が五つ出てきやがった。へへ、こいつが盗まれてねえってことは」

物盗りの線は消えた。

残るは恨みか口封じだが、半四郎にはいずれとも判じがたい。

なぜかといえば、ほとけの顔があまりに穏やかすぎるからだ。

死期を悟り、喜んで死を受けいれているかのような落ちつきすら感じられる。

「くそっ、わからねえ」

「何がです」

「ほとけが微笑んでいる理由さ。そいつがどうにも、わからねえ」

「きっと、良い夢でも見ていたんでしょうよ」

仙三はぞんざいに応じたが、あながち的は外していないような気もする。

「厄介《やっかい》な殺しだな」

半四郎は雪駄を履き、死臭の漂いはじめた部屋から逃れた。

眩《まぶ》しげに空を見上げれば、雲の割れ目から朝陽《あさひ》が射しこんでいる。

どぶ板のうえには雪が積もり、大小の足跡が点々とつづいていた。

――ぴーるり、ぴーるり。

ひよどりが、南天《なんてん》の赤い実を啄《ついば》んでいる。

木戸門のあたりでは子どもたちが歓声をあげ、いつのまにかそこに角のふたつ生えた雪だるまができていた。ふたつの目と鼻は南天の実でこしらえてあり、子どもたちが雪玉の的にして遊んでいる。

「雪の鬼か」

「いいえ、ありゃ雪猫にちげえねえ」

白い息を吐く仙三の言うとおりだろう。

「雪猫か」

沈んだ顔で漏らす半四郎の耳に、縁起物《えんぎもの》の熊手《くまで》を売る声が聞こえてきた。

二

夕暮れになって凩《こがらし》が吹きすさぶなか、大家の仕切りで通夜がいとなまれた。

白装束《しろしょうぞく》で褥《しとね》に寝かされたおきたは薄化粧《うすげしょう》をほどこされており、焼香に訪れた客たちを穏やかな笑顔で迎えた。

「まるで、生きているようだね」

口々に囁《ささや》く弔問客たちを、半四郎と仙三は軒先からじっくり観察している。

震えるほどの寒さにもかかわらず、訪れる者は途切れることもなくつづき、その多くは縮緬《ちりめん》の被布《ひふ》を纏《まと》った粋筋《いきすじ》の女たちだった。

おおかた、懸想文の代書で世話になった連中だろう。

みな、目を赤く腫《は》らし、なかには嗚咽《おえつ》を漏らす者まであった。

ただ、誰ひとり、文に綴られていた「さだ吉」という芸妓《げいぎ》を知る者がいない。

「おきたちゃん、返事をしとくれよう。どうして、逝《い》っちまったのさ」

肥えた大年増が褥に俯し、ひと目もはばからずに泣いている。

鼻を赤くさせた仙三が、すかさず身を寄せてきた。

「八尾さま、あれが百瀬《ももせ》の女将《おかみ》でやすよ」

名はおかつ、芸者を束ねる置屋《おきや》の女将だ。二年前、おきたの請人《うけにん》となって直助店を紹介した人物にほかならない。

「髪を結ってやったら、重い口をひらきやしてね。おきたの生まれは、下総の佐倉だそうです」

「ふうん、炭といっしょか」

おきたは、十一万石を誇る佐倉城下にあった大店の箱入り娘だったらしい。拠《よん》所《どころ》ない事情で店が潰れ、双親も心労が祟《たた》って死んでしまった。途方に暮れたおきたは、生きるために岡場所を転々としたあげく、百瀬へ売られてきたのだという。

「他人にゃ言えねえ苦労があったってわけか」

実家が潰れた拠所ない事情とやらは、女将の口から聞きだすことはできなかった。

「おきたは若え時分《わけ》、武家奉公に出されていたそうです」

「手習いができたのは、そのおかげか」

「琴《こと》の腕前もかなりのもんだと、あの女将、身内のことのように自慢しておりやした」

当の女将はふたりの会話など知る由《よし》もなく、泣き顔を袖《そで》で隠しながら、逃げるように去っていった。

「行かせても、よろしいんですかい」

「ああ、しばらくそっとしておこう」

懸想文を書いてもらった芸者衆のなかには、一年分のつけをためていた者もあった。だが、支払う必要がなくなったのを喜ぶ者はおらず、みな、おきたの死を心から悲しんでいる。ただ、そうした女たちも、おきたの過去は知らなかった。

百瀬の女将にはもういちど、じっくりはなしを聞かねばなるまい。

「仙三、そういえば、炭俵が見当たらねえな」

「大家のやつが葬式代の足しにすると言って、持っていったそうです。鏡台の抽出にあった小金も、ぜんぶ懐中《かいちゅう》に入れちまったんですよ」

「強突張《ごうつくば》りめ」

吐きすてたところへ、意外な人物がやってきた。

「八尾さまではありませんか」

「あ、おまつどの」

日本橋《にほんばし》の照降長屋《てりふりながや》に住む浪人、浅間三左衛門《あさまさんざえもん》の恋女房だ。

仲人稼業《なこうどかぎょう》の十分一屋《じゅうぶいちや》で生計を立て、三左衛門とふたりの娘を養っている。

三左衛門とは六年来の親友で、何でも気楽に相談できる相手だった。趣味にしている歌詠《うたよ》みの仲間でもある。おまつに食わせてもらっているヒモのようなものだが、ヒモのわりには真面目に傘張《かさは》りや扇絵描《おうぎえか》きなどをこなし、もうすぐ五つになる娘の子守もする。見掛けは風采《ふうさい》のあがらぬ四十もなかばの男だが、胸の裡《うち》には正義を秘めており、富田流小太刀《とだりゅうこだち》の達人でもあった。

半四郎は小野派一刀流《おのはいっとうりゅう》の免状持ちなので、好きなへぼ句や短歌を詠みながら三左衛門と剣術談議に花を咲かせることもあったし、おまつには内緒で役目の手伝いを頼むこともしばしばだった。

ともあれ、友の三左衛門は女房に頭があがらない。それが可笑《おか》しくて、おもいだせばいつも、くすっと独りで笑っているのだが、今日ばかりは神妙な面持ちを変えることはできなかった。

おまつは乱れた髪のまま、被布と黒羽織《くろばおり》の褄《つま》をいっしょに取って近づいてくる。

路考茶地《ろこうちゃじ》に千筋《せんすじ》の被布がよく似合い、年増の色気をぐっと引きたてていた。

「八尾さま、どうしてここに」

「そいつは、こっちが聞きてえ」

おまつは眸子《まなこ》を潤《うる》ませ、ほっと溜息を吐《つ》く。

「亡くなったおきたさんには、たった一度だけ、懸想文の代書をお願いしたことがありましてね」

「ほう、おまつどのが懸想文を」

「あら、いやだ。わたしじゃありませんよ。お世話になった大店のお嬢さまが、お旗本のご三男に岡惚《おかぼ》れしちまいましてね、駄目もとでいいから文に恋情を綴りたいのだけれど、めめずがのたくったような字しか書けない。どうしたものかと泣きつかれ、考えあぐねたすえ、当代一の代書屋に頼もうってことになった。それで、江戸じゅうの評判を掻《か》きあつめ、直助店のおきたさんを探しあてたんですよ」

「なあるほど」

「評判どおりの方でした。わたしの見ているまえで、弘法大師《こうぼうだいし》も驚くような筆跡でさらさらと綴っておしまいになり、できあがった懸想文をさっそく、さきさまにお渡し申しあげたところ、すぐさま良いご返事をいただいたのです」

「ほほう」

「身分のちがいなど気にせず、是非《ぜひ》ともお付きあいしたいとのおはなしでね、ご本人に理由をお尋ね申しあげたところ、懸想文の筆跡に惚れたと仰《おっしゃ》る。時をおかずにお見合いをしたところ、お嬢さまの容姿や人となりもお気に召され、めでたく祝言をあげる段取りとあいなりました。何と、お旗本のご三男はお侍を辞めて商人になられ、大店に婿入りしちまったんですよ」

侍を辞めた旦那は、いまだに何ひとつ知らない。懸想文の秘密は墓場まで持っていくしかないと、おまつは悲しげに笑う。

「夫婦になってからこのかた、旦那さまのまえでは一文字も綴っていないというから、驚きじゃありませんか」

「まんまと騙《だま》しやがって、罪なはなしだぜ」

「こう言っちゃ何ですけど、旗本の三男坊なんて物の役にも立たない木の鏡みたいなものでしょう。若いふたりが幸せなら、それでいいじゃありませんか。とね、明るく仰ってくれたのが、おきたさんだったのです。あんな良い方が亡くなっちまうなんて、ひどすぎます。世の中ってのは、どうしてこうも、理不尽《りふじん》なことが多いんだろう」

おまつは立て板に水のごとく喋《しゃべ》りきり、ぐしゅっと洟をかむ。

「百瀬の女将さんに聞いたことがありましてね。おきたさん、そのむかしは大店のお嬢さまだったそうです。拠所ない事情でご実家が潰れちまい、天涯孤独になってからはずいぶんご苦労なされたとか。わたし、それを聞いて、とても他人事《ひとごと》とはおもえなくなって……ぐすっ」

おまつも日本橋の呉服町《ごふくちょう》に店を構えた大きな糸屋の娘だった。実家は蔵荒らしに襲われて潰れ、すぐのちに双親を心労で亡くした不幸な過去を引きずっている。

おきたと自分の境遇《きょうぐう》を重ねあわせれば、悲しみもいっそう増すばかりだろう。半四郎は同情しつつも、優しいことばを掛けそびれた。

「死んじまったら、元も子もありませんよ」

おまつは涙を袖で拭き、焼香にいった。

入れかわりに、白髪の交じった大家が若い男を従えてくる。

どこかで目にしたことのある顔だが、どうしても思い出せない。

「八丁堀《はっちょうぼり》の旦那、ちょいとよろしいですか」

「おう、何だ」

「じつはこの男、油売りの蓑吉《みのきち》と申しましてね。昨晩、そこの戸口で怪しい男を見掛けたっていうんで連れてきたんです」

「何だって、ほんとうか」

半四郎が睨みつけると、蓑吉は震えあがった。

「う、嘘じゃありません。四十がらみのお侍でした。月代《さかやき》を剃《そ》った険《けわ》しい顔の方で」

「顔見知りか」

「と、とんでもない」

「もう一度逢ったら、わかるか」

「たぶん」

「よし。よくぞ報《しら》せてくれたな」

ほっと肩を撫《な》でおろす蓑吉に向かって、半四郎は別のことを尋ねた。

「おめえが扱ってんのは、菜種油か」

「へ、へえ」

「この長屋で常客は何人いる」

「大家さんと、亡くなったおきたさんのおふたりですが」

「おきたのところへは、いつごろから通ってたんだ」

「通いはじめて、一年半ほどになります。夜なべ商いだから良い油だけは切らしたくないと仰り、手前どもをご贔屓《ひいき》にしていただきました」

「昨晩も油注ぎに来たわけか」

「へえ。切れそうなので、急いで来てほしいと頼まれまして」

「なるほど」

腕組みをする半四郎の顔を、蓑吉は覗きこむ。

「旦那、おいらのこと、おぼえておられませんか」

「たしかに、おぼえのある顔だが、思い出せねえ。何処《どこ》で会ったっけ」

「半年ほどまえ、浅草寺《せんそうじ》の奥山《おくやま》で地廻《じまわ》りにからまれているところを助けていただきました。あとで知りあいに聞いたら、旦那は町奉行所で唯一、袖の下を受けとらない方だって。おいら、町方の旦那方は袖の下を取るのが仕事だっておもってたから、驚いちまって」

「そうかい。ま、何か困ったことがあったら、また助けてやるよ」

「ありがとうございます」

「おう、引きとめてわるかったな。もう、行っていいぜ」

若い油売りが去り、おまつもいなくなったところへ、こんどは風体《ふうてい》の怪しい連中があらわれた。

「げっ、伊平《いへい》だ」

大家が頭を隠し、逃げようとする。

「おい、待ちやがれ」

伊平と呼ばれた男が大家の襟首《えりくび》を摑《つか》み、軒先へ連れもどす。

小銀杏髷《こいちょうまげ》の半四郎に気づいても、いっこうに動揺した様子はない。

「これはこれは、八丁堀の旦那。お役目、ご苦労さまにごぜえやす」

「何だ、おめえは」

「ぬへへ、長屋でお困りのみなさまにお金を貸してさしあげる、世話好きの伊平って者で」

「高利貸《こうりが》しか」

「ま、早《はえ》えはなしがそうなりやす」

「何の用だ」

「じつは、この小汚ねえ貧乏長屋に、中嶋唐硯《なかじまとうけん》っていう筍医者《たけのこいしゃ》がおりやしてね」

「筍医者」

「竹藪《たけやぶ》にもなれねえ筍医者ってやつで、へへ、その筍医者が五両の借金抱えて、とんずらしちまったんですよ」

支払いの期限は師走《しわす》の十四日、つまり、今日の日没までだという。

「どうして、おきたのところへやって来やがった」

「へへ、筍医者の請人でしてね、いざとなりゃ岡場所に売っぱらう腹でいたところが、死んじまったと聞いたもんで。金目のものでもあったら、借金のカタに頂戴《ちょうだい》しようと」

「てめえ」

半四郎は呻《うめ》くように漏らし、ぎょろ目を剝《む》いた。

「お疑いのようなら、ここに証文がありやすぜ」

伊平は懐中に手を突っこみ、取りだした貸付証文を開いて見せる。

なるほど、請人のところに達筆な文字で「きた」と綴られてあった。

「ふへへ、何よりの証拠でしょ」

「ちっ」

半四郎はこきっと首を鳴らし、大家の顔を睨みつける。

「おい、筍医者はいつから居ねえんだ」

「そう言えば、今朝方から見かけておりませんねえ」

「おきたに借金を押しつけて、消えちまったってのか。怪しいな」

「唐硯をお捜しなら、行く先におぼえがござります」

「おっと、そいつを早く言え。何処だ」

「はい。渋谷《しぶや》のお大名屋敷ではないかと」

大家が口を滑らすと、伊平たちがのっそり動きだす。

「おっと、待ちやがれ。おめえらはおとなしくしてろ」

十手を抜いて脅《おど》しあげると、伊平は聞こえよがしに舌打ちをしてみせた。

三

雪に覆《おお》われた野面《のづら》が闇に沈むなか、半四郎と仙三を乗せた小舟は古川《ふるかわ》を漕《こ》ぎすすんでいった。

古川は芝湊町《しばみなとちょう》を河口とし、増上寺《ぞうじょうじ》の南を通って麻布《あざぶ》や渋谷を囲うように経《へ》巡《めぐ》り、内藤新宿《ないとうしんじゅく》の玉川上水《たまがわじょうすい》にいたる。川幅は広く、土手の左右には深い闇がたちこめていた。耳にするのは、老いた船頭の操《あやつ》る艪《ろ》の音だけだ。

飯倉新町《いいぐらしんまち》の手前で南東に舳《へさき》を曲げてからは、一ノ橋、二ノ橋、三ノ橋とくぐりぬけ、さらに、西寄りに進路を戻して四ノ橋を過ぎれば、めざす桟橋《さんばし》は近い。

「八尾さま、温石《おんじゃく》はまだ生きておりやすかい」

艫《とも》に座った仙三が、寒そうに声を震わせた。

首を横に振ると、悲しげに白い息を漏らす。

「小望月《こもちづき》さえ出てくれりゃ月見と雪見の一挙両得《いっきよりょうとく》、そいつをあてこんでやって来たのがまちげえだった」

「瓢酒《ひさござけ》なら、まだあるぜ。冷めちまったがな」

「いただきやしょう」

後ろを向き、ひょいと瓢を投げてやる。

「ほれよ」

「おっと、ありがてえ」

仙三は拾った瓢をかたむけ、ごくごくっと咽喉《のど》を鳴らした。

「ぷはあ、美味《うめ》え」

「仙三よ、中嶋唐硯ってな、どんな男だ」

「四十なかばの独り者で、博打《ばくち》好きの女誑《おんなたら》しだそうですよ」

二年前にふらりとあらわれたときは、物乞《ものご》いも同然の浪人風体だった。以前はどこぞの藩に籍があったらしいが、さだかではない。

「おきたは筍医者の請人でしたよね」

おきたのお墨付きがなければ、中嶋唐硯は直助店には住めなかった。

「でも、おきたと筍医者の関わりは、まだわかっちゃおりやせん。さほど親しい間柄でもなかったみてえで」

「唐硯のやつ、高利貸しに金を借りていたぐれえだ。人のいいおきたから金を借りていたとも考えられる」

「そいつを返す返さねえで揉め、手をくだすことにきめた」

暗闇の向こうから、水車の軋《きし》む音が近づいてくる。

「仙三、どうおもう。筍医者が殺ったとおもうか」

「さあて、ご本尊を拝んでみねえことにゃ何とも。それに、油売りの言った月代侍のはなしも気になりやす」

「そうだな」

小舟は舳を桟橋へ回し、やがて、静かに動きを止めた。

陸《おか》へあがると、狭い枝川に沿って土手道が仄白《ほのじろ》くつづいている。

空を仰げば、いつのまにか、丸くなりかけた月が浮かんでいた。

「仙三よ、小望月だぜ」

「何だか赤《あけ》えな。不吉な兆《きざ》しじゃありやせんかね」

ふたりは重い足取りで雪を踏みしめ、さきを急いだ。

――うおおおん。

突如《とつじょ》、山狗《やまいぬ》の遠吠《とおぼ》えが耳に飛びこんでくる。

行く手の広尾原《ひろおのはら》には、人肉を喰《くら》う狂犬《きようけん》どものねぐらがあるらしい。

「おお、恐え」

仙三は背を丸め、歯の根も合わせられないほど震えだす。

「こんなところまで博打を打ちにくるやつは、よっぽどの物好きだぜ」

半四郎は相手にしない。

「ほら、左手に海鼠塀《なまこべい》が見えてきたぞ」

田圃《たんぼ》に囲まれたなかに、十一万石を誇る大名の下屋敷があった。

「下総国佐倉藩か」

中間《ちゆうげん》の屯《たむろ》する離れの広間では、夜な夜な丁半《ちようはん》博打が開かれている。

鉄火場《てつかば》と化した中間部屋に、中嶋唐硯は入りびたっているらしい。

「何か因縁《いんねん》があるようだな」

おきたは佐倉の商家出で、部屋には佐倉炭が俵ごと積んであった。浪人医者の足繁《あししげ》く通うさきも佐倉藩の下屋敷。このふたつが偶然かどうか、確かめてみるだけの価値はある。

ふたりは裏手にまわり、裏木戸の見える松の木陰に身を隠した。

「茶筅髷《ちやせんまげ》の瓜実顔《うりざねがお》だったな」

「へい、出てくりゃすぐにわかりまさあ。ただし、いればのはなしですけど」

「外《はず》れ籤《くじ》はごめんだぜ」

瓢酒は空になった。

月が翳《かげ》って風でも吹けば、松の木陰で凍《こお》りついてしまうにちがいない。

「それだけは勘弁《かんべん》だな」

蝿《はえ》のように手足をさすりながら、一刻余りも耐えつづけたであろうか。

そのあいだ、客らしき男を何人か見掛けたが、筍医者はすがたを見せていない。

喋り好きの仙三もむっつり押し黙り、眠ってしまわぬようにと、余計な気を遣わねばならなかった。

幸運にも月は空にあり、風もさほど強くはない。

仙三は木陰から離れ、土手際で小便を弾きだす。

と、そのとき。

裏木戸が乱暴に開き、茶筅髷の浪人が飛びだしてきた。

後ろから中間どもがつづき、浪人の背中を蹴りつける。

「痛《いて》っ、や、やめてくれ」

「うるせえ、盆に難癖《なんくせ》つけやがって。この腐れ医者、てめえなんざ、こうしてやる」

どんと腹に蹴りを入れられ、茶筅髷は苦しそうに蹲《うずくま》る。

まちがいない。筍医者の中嶋唐硯だ。

半四郎は木陰から飛びだし、影のように近づいた。

「おい、待て」

ひと声掛け、振りむいた中間の顔に拳《こぶし》を突きだす。

「ぬげっ」

中間は鼻血を散らし、塀際まで吹っ飛んだ。

「な、何だてめえ」

残りの三人が裾を捲《まく》って身構える。

ひとりは懐中に手を入れ、匕首《あいくち》を摑んだ。

半四郎は胸を張り、声を荒らげる。

「やめとけ。刃を抜いたら、三尺高《たけ》え木の上に晒《さら》してやるぜ」

「げっ、十手持ちか」

「そうだよ。やっとわかったか。おれはな、その茶筅髷に用があんだ」

「こっちの用はまだ済んじゃいねえ」

「うるせえ。すっこんでろ」

破鐘《われがね》のような声で一喝《いっかつ》すると、中間どもは尻を見せて塀の向こうへ消えた。

「おお、痛《いて》え」

　筍医者は腹をさすり、大袈裟《おおげさ》に痛がってみせる。

　そこへようやく、小便を済ませた仙三が顔を出した。

「茶筅髷に瓜実顔、まちげえねえ。あんた、直助店の中嶋唐硯だろう」

「いかにもそうだが、わしに何か用か」

「こちらは泣く子も黙る南町奉行所の定町廻り、江戸でその名を知らぬ者もいねえ八尾半四郎さまだぜ」

「わしは知らぬ」

「けっ、もぐりの筍医者め」

　悪態を吐く仙三を制し、半四郎は尻をついた唐硯に手を差しのべる。

「ほれ、起きろ」

「お、すまぬな」

　握りかえす唐硯の手は温かく、ごつごつして大きかった。

「それで、町方がわしに何の用だ」

「代書屋のおきたは知ってんな」

「同じ貧乏長屋の住人さ。なかなかの別嬪《べっぴん》だが、わしの趣味ではない」

「あんたの趣味ってのは」

「ぬひひ、鮪《まぐろ》みたいに肥えたおなごさ」

野卑《やひ》な笑い声を聞きながら、こいつは下手人じゃねえなと、半四郎はおもった。

「おきたは死んだぜ」

「え」

「驚いたかい」

「ん、まあな」

表情の変化を、じっと見つめる。

つくろった様子はない。これが演技なら、そうとうなものだ。

「おきたは誰かに殺された。殺されたとおもわれる昨晩から、あんたは行方知れずになった」

「わしを疑ったわけか。ふん、とんだ勘違いだったたな。されど、無駄足ではなかったかもしれんぞ」

「というと」

「昨晩、丑三つ過ぎであった。わしはたまさか、厠《かわや》に立ったのさ」

外の厠から、おきたの部屋はよく見える。

いつもどおり、真夜中にもかかわらず、灯りが煌々《こうこう》と点《つ》いていた。

「何気なく目をやったら、怪しげな侍が部屋から出てきたのだ」

「何だと」

半四郎は、油注ぎの言った台詞をおもいだす。

「その侍、月代を剃っておったか」

「おったおった。後ろ手で戸を閉め、抜き足差し足で離れていった。嘘ではないぞ。そやつを追いかけ、浜町河岸《はまちょうがし》の河口へたどりついたのだからな」

「浜町河岸の河口」

「あやめ河岸さ。河口のそばには、佐倉藩の上屋敷がある。おもったとおり、そいつは上屋敷の裏木戸から塀の向こうへ消えていった」

「ちょっと待て。おもったとおりとは、どういうことだ」

「暗がりで確信はなかったが、鉄火場で見掛けたことのある面だった。それで、尾《つ》ける気になったのよ」

「鉄火場ってのは、そこの下屋敷か」

「ほかにどこがある。あやつはたしか、梶岡琢磨《かじおかたくま》とか抜《ぬ》かす四十前後の侍でな、自分は留守居役に仕えていると、横柄な態度で抜かしておった」

「留守居役《るすいやく》。佐倉藩のか」

「上屋敷に消えたのだから、それ以外は考えられまい」

それにしても、ふてぶてしい態度だ。

唐硯は梶岡琢磨とおぼしき用人を見送ったその足で、下屋敷の鉄火場へやってきたのだという。

「あやつの顔を見たら、急に打ちたくなってな。袖裏に縫《ぬ》いつけておいた虎《とら》の子の一両に運を賭けたのさ。ふふ、最初はついておった。中途でやめればよかったが、調子に乗って明け方からぶっ通しで遊びほうけ、気づいてみたら、おけらになっちまってた」

「だらしのねえやつだ」

「何とでも言うがいい」

唐硯は吐きすて、遠い目をしてみせる。

「……そうか、おきたは死んだのか。口惜しい気もするが、わしにできるのは線香を一本あげることくらいだな。ふうむ、何やら腹が減ってきた。お役人、すまぬが、夜鳴き蕎麦《よなそば》でも馳走《ちそう》してくれぬか」

媚《こ》びた顔で懇願《こんがん》され、半四郎は溜息を吐くしかない。

——うおおん。

山狗の遠吠えがまた、闇を裂くように響いてきた。

四

迷ったときは策を弄《ろう》さず、かならず正面から事に当たる。それが半四郎の信条でもある。翌朝、さっそく浜町河岸の佐倉藩藩邸へ向かい、梶岡琢磨なる人物を訪ねてみた。

門番は胡散臭《うさんくさ》い顔で応じたものの、相手が町奉行所の同心だけに粗略《そりゃく》には扱えない。

しばらく門前で待っていると、厳《いかめ》しげな四十男がのっそりあらわれた。

「失礼ながら、梶岡さまであられますか」

「いかにも。佐倉藩江戸留守居役臼井内記《うすいないき》が用人頭、梶岡琢磨だが、何か」

ぐっと胸を張る仕種《しぐさ》から推《お》すに、並外れて誇り高い人物のようだ。

しかも、物腰に隙がない。

かなりの遣い手だなと察した。

無論、そうした態度はおくびにも出さず、半四郎はにっこり笑ってやる。

「定町廻りの八尾半四郎と申します。じつは一昨晩、新橋出雲町《いずもちよう》の裏長屋で代書屋の女が殺されました。その件で梶岡さまにお伺いしたいことが」

「何じゃ、言うてみよ」

「されば、単刀直入《たんとうちよくにゆう》に申しあげます。殺しのあったとおもわれる刻限に、梶岡さまが代書屋の部屋から出てきたと証言する者がおります」

半四郎は淡々と発しながら、相手の目をじっと見つめる。

梶岡の眸子に浮かんだのは、わずかな戸惑いと沸騰《ふつとう》するような怒りだった。

「何かのまちがいであろう」

感情を無理に押し殺し、梶岡はどうにか漏らす。

ここぞとばかりに、半四郎は煽《あお》りたてた。

「まちがいであってほしいと、拙者《せつしや》も願っておりますよ。ご身分のしっかりなされた梶岡さまのようなお方が、罪もないおなごを殺めるともおもえません。されど、人の心は闇とも申します。何をしでかすかわからぬのが人というもの。ふふ、まこと、人とは厄介な生き物にござりますからなあ」

「おぬし、何が言いたい」

いものでした」

「そこいらまで、お付きあい願えませんか。じっくりと、おはなしをお聞きした
「ふん、戯《ざ》れ言《ごと》に付きあっておる暇はない」

梶岡は言い捨て、くるっと背を向ける。

「お待ちを。その男は町医者にございます。裏長屋で梶岡さまのおすがたを見定め、こちらの御上屋敷まで尾けたのですぞ」

「何だと」

振りむいた梶岡の顔は、赤鬼《あかおに》に変わっていた。

「何者じゃ、そやつは。ここに連れてこぬか」

「その者が嘘を申しておると、さように仰せですか」

「わけがわからぬ。なぜ、このわしが貧乏人の屑《くず》どもが住む裏長屋なんぞへ足労《そくろう》せねばならぬのだ。しかも、代書屋の女を殺めたなどと、戯れ言にもほどがあろう。そもそも、わけのわからぬはなしを信じ、大名家の歴《れっき》とした家臣を疑ってかかる町方の態度が気に食わぬ。おぬし、名は何というたか」

「八尾半四郎にございます」

「八尾か。そなた、役料はたかだか三十俵と二人扶持《ににんぶち》であろうが。不浄《ふじょう》役人の

分際で、偉そうにものを抜かすな」

鼻先で戸を立てるように言いはなち、梶岡は肩を怒らせながら去っていった。

「お待ちを、梶岡さま」

一歩踏みだしたところで、門番の翳《かざ》した六尺棒に阻《はば》まれる。

この場はあきらめて退散するしかなかったが、持ち前の反骨魂《はんこつだましい》に火を点けられたのは確かだ。

「こうなったら、すっぽんみてえに食らいついてやるぜ」

半四郎は仙三にも声を掛け、梶岡琢磨を張りこむことにきめた。

五

数日は何も起きず、半四郎は自棄酒《やけざけ》を呑みに柳橋《やなぎばし》まで足を延ばした。

大川《おおかわ》の川面に映る楼閣風《ろうかくふう》の茶屋のひとつに、歌詠み仲間の金兵衛《きんべえ》が営む『夕月楼《ゆうづきろう》』はあった。

親友の浅間三左衛門や若い天童虎之介《てんどうとらのすけ》も呼んで、たまにはぱあっと騒ぎたくなった。

仙三に言伝《ことづて》を託してさきに行かせ、鮟鱇鍋《あんこうなべ》でも支度しておけと伝えておいたにもかかわらず、金兵衛は河豚《ふぐ》ちりの支度をしていた。

「八尾さま、久方ぶりにござりますな」

「そうだな。ひと月ぶりか」

暮れ六つまでには間があるせいか、三左衛門も虎之介も来ていない。

虎之介は元は会津藩《あいづはん》の藩士であったが、故あって出奔《しゅっぽん》した。一本気の爽《さわ》やかな若侍で、真天流《しんてんりゅう》の遣い手でもある。三左衛門から舎弟《しゃてい》のように可愛がられており、半四郎も気に入っていた。

ところが、その虎之介は来られないという。

「虎さまにほの字のおそでちゃんが、鎌倉河岸《かまくらがし》からわざわざ報せにきてくれましてね、ご本尊は風邪《かぜ》をこじらせ、長屋で寝ているそうです」

「ふうん。見舞いに行ってやらねばならぬな」

「それから、浅間さまのほうも来られません」

「え、どうして」

「糠床《ぬかどこ》を掻きまわしていたら、ぎっくり腰になったとか。横になることもままならず、脂汗《あぶらあせ》を掻いているそうですよ。いや、ははは、お見掛けどおり、間抜けなおひとだ。おっと、他人の不幸を笑ってはいけませせぬな」

仙三は本職の髪結いで常連客のもとを廻らねばならないので、とどのつまりは金兵衛とふたりきりだった。

「しかも、河豚ちりとはな」

「やはり、いけませぬか」

半四郎はこの春、七つ年下の白井菜美《しらいなみ》と所帯を持った。

所帯持ちと河豚は相容れない。そうした常識にとらわれたくはなかったが、気づいてみれば、守りにはいった自分がいる。

「食おう」

「え」

「河豚を食うぞ」

「よろしいのですか」

「よいもわるいもなかろう。河豚ほど美味いものは無い」

「さようでござる。他人の女房と河豚ほど美味いものは無し。ふふ、久方ぶりに雅号《がごう》でお呼びしましょう、屁尾酢河岸《へおすかし》どの、おひとつ、お歌をご所望いたします」

「よし。お題は何だ」

一刻藻股千《いっこくもまたせん》の号をもつ金兵衛は、くいっと片眉を吊りあげる。

「されば、艶書屋《えんしょや》でいかがでしょう」

「仙三に聞いたのか」

「はい、あらましは」

「難しいお題よの」

半四郎は鍋から舞いあがる湯気をみつめ、じっと考えこむ。

襖《ふすま》が音もなく開き、板長《いたちょう》みずから、てっさの盛られた大皿を抱えてきた。

「八尾さま、燗《かん》がつきました」

「よし、金兵衛、浮かんだぞ」

「ご拝聴」

「笑いつつ死んでいくのは何故《なにゆえ》か、恋しきひとのすがた追いつつ」

「ほほう、何やら趣向が変わられましたな。恋しきひとのすがた追いつつとは、何とも八尾さまらしくない」

「らしくないとは、どういうことだ」

「なよなよとして骨がない。水母《くらげ》のようでございます」

「言ったな、金兵衛。おぬしも詠んでみろ」

半四郎は紙のように薄く切られたてっさを、何枚も箸《はし》で重ねて掬《すく》いあげる。

金兵衛は、ごくっと唾《つば》を呑みこんだ。

「されば、この一刻藻股千、店の看板に賭けて詠んで進ぜましょう」

「大袈裟なやつめ。ちゃっちゃっと詠め」

「では」

金兵衛は亭主らしく襟を正し、唸るように発した。

「恋しきは金と女と下り酒、隅に置けぬは佐倉の番士」

「ふふ、隅と炭を掛けやがったな」

半四郎は河豚の刺身に舌鼓《したつづみ》を打ち、上等な下り物の酒をくっと干す。

「よし、これでどうだ。筆ひとつおもいのたけを書きつらね、たかが女と侮《あなど》るなかれ」

「ぬふふ、へぼ同士の掛けあいですな。されば、わたしも。恨まれて先手を打って殺めても、とどのつまりは墓穴掘るなり」

「金兵衛よ、どうやらおれたちは、梶岡琢磨なる用人頭がおきたを殺った下手人だと、最初からきめつけてかかっているらしい」

「それがまちがいだとすれば、油注ぎも筍医者も嘘を言っていることになります」

「たしかに、そうなるな」

「ふたりがともに嘘を。あり得ますかね」

「いいや、あり得ねえ。今んところはな」

半四郎にはめずらしく、歯切れのわるい物言いだ。

金兵衛は酒を呷り、心なしか眸子を潤ませる。

「じつを申せば、おきたさんの懸想文には、わたしもうっかり騙された口でしてね」

「え、そうなのか」

「一年ほどまえ、ちょいとのめりこんだ芸者がおりました」

「まさか、おめえも懸想文の筆跡に惚れたんじゃあるめえな」

「恥ずかしながら、そのまさかです。気づいたのは、三月もあとのこと」

「腹が立ったかい」

「いいえ。あんまり見事に騙されたもので、かえって清々《せいせい》しましてね。芸者とは切れましたが、おきたさんにはそれからも文の代筆をちょくちょく頼んでおりました。もちろん、夕月楼に揚がる芸妓から、だいじなお客さまへの懸想文ですよ。おかげで、何人の上客を得られたことか。ほんとうに、惜しいひとを亡くしました。残念でたまりませんよ」

金兵衛は心《しん》から口惜しそうに吐きすて、ほどよく煮えた鍋のなかに河豚の切り身をぶちこんだ。

六

翌朝。

どうやら河豚毒にも当たらず、ほっとしたのもつかのま、両国広小路《りようごくひろこうじ》下の薬《や》研堀《げんぼり》に柳橋芸者の遺体が浮かんだ。

名はおさだ、権兵衛名はさだ吉と聞き、半四郎は押《お》っ取《と》り刀《がたな》で検屍《けんし》に向かった。

薬研堀の一帯は土手も堀端も新雪に覆われ、雪よりも白いほとけの肌が筵《むしろ》のうえで朝陽に照らされている。

「ご苦労さまです」

ひとあしさきに着いた仙三が、意味ありげに目配せした。

濡れた遺体を調べてみると、首を絞められた痕があった。

「八尾さま、きまりですね。おきた殺しと同じ手口だ」

たしかに、下手人が同じである公算は大きい。

「懸想文にあった『さだ吉』ってのは、きっとこのほとけですよ」

どうりで、新橋の芸者に知る者がいなかったはずだ。おきたの評判を聞いて、わざわざ柳橋から懸想文を依頼しにきたのだろう。

半四郎は遺体に鼻を近づけ、くんくんと匂いを嗅ぎはじめる。

「いかがです」

「殺られたな、昨晩だな。たぶん、子《ね》ノ刻（午前零時）を過ぎたあたり」

「へえ、そこまでわかっちまうもんですか」

「昨晩は何処の座敷に呼ばれたか。客を取ったのかどうか。まずは、そいつを調べてみよう」

「へい」

「おっと待て」

半四郎は土手の斜面に近づき、表面に積もった雪を素手で払いのけた。

帷子《かたびら》のような新雪のしたから、ざらめ雪が顔を出す。

「仙三、見てみろ」

何かが滑った痕のようだ。

「ほとけさ。土手のうえから、抛《ほう》られたにちげえねえ」

明け方まで降りつづいた雪がすべてを覆いかくしていたが、半四郎の目は雪質の微妙なちがいを見逃さなかった。

「別のところで首を絞めて殺し、川縁《かわべり》まで運んできたのかもしれやせんね」

「おめえの言うとおりだ。駕籠《かご》か桶《おけ》を使ったのかもな」

「だとすりゃ、ひとりで運ぶにゃ無理がある」

「足跡を探してみよう」

「へい」

ふたりは土手に這《は》いあがり、注意深く新雪を払いのけていった。

「あった。八尾さま、ありやした。雪駄の跡がふたつ」

「どれどれ。ふむ、たしかにあるな。そいつはたぶん、革製の高《たけ》え履き物だぜ」

「ほとけを運んだのは、侍かもしれやせんね」

「ああ、そうだ。昨晩の客で侍を捜せ」

「合点で」

仙三は興奮の面持ちで尻をからげ、雪道を滑りながら駆けていく。

半四郎は何者かの気配を察し、背後に立つ松の木陰に目をやった。

人影はない。

隆々とした枝が撓《たわ》み、ざざっと雪が落ちてきた。

――かあ。

嘴《くちばし》の太い鴉《からす》が一羽、驚いたように飛びたっていく。

土手下に目を戻すと、汀《みぎわ》に寝かされたほとけのそばに野次馬が集まりはじめていた。

そのなかに見知った顔を見つけ、おもわず、半四郎は声を掛ける。

「おい、筍医者」

呼ばれて顔をあげたのは、中嶋唐硯にほかならない。

ほとけのそばから離れ、土手のうえにあがってくる。

「その節はどうも」

夜鳴き蕎麦を馳走してやったのは、五日前のはなしだ。

半四郎は怪訝《けげん》な顔をした。

「おめえ、こんなところで何やってんだ」

「両国に腰の曲がった婆さんがおりましてね、わしの揉《も》み治療《ちりよう》を気に入ってくれたのはありがたいが、五日に一度往診する羽目《はめ》になっちまって」

今朝もやってきたところが、薬研堀に女の土左衛門《どざえもん》があがったと聞き、好奇心に駆られて足を向けたという。

「ふん、野次馬根性を出しやがって」

「ところが、いざ来てみたら、土左衛門ではなかった。あのほとけ、首を絞められておりますよ」

「だから、どうした」

「代書屋のおきたが殺られた手口と同じだ。あなたもそれと察し、押っ取り刀で来られたのでしょう」

「余計な詮索《せんさく》は無用だ。たとえ、手口が同じだとしても、同じ下手人に殺られたとはかぎらねえさ」

「わしには、そうはおもえませんけど」

探るような眼差しでみつめ、唐硯はにこっと笑う。

「ふん、いけすかねえ筍医者だぜ。どっちにしろ、おめえにゃ関わりのねえはなしだ」

「ま、そうですけど」

相手にするのも面倒になり、半四郎は白い溜息を吐いた。

「直助店にゃ、ちゃんと帰《けえ》ってんのか」

「当然でしょう。ほかに帰るねぐらはない」

「高利貸しの伊平が訪ねてきただろう」

「来ましたよ。借金はきれいさっぱり返してやりました」

「嘘を吐くな。蕎麦代も払えねえやつが、借金を返《けえ》せるはずはねえ」

「ほかの高利貸しに借りたんですよ。くく、利口な手管《てくだ》でしょう」

平然とうそぶき、唐硯は胸を張る。

「けっ、はなしにならねえ。仕舞《しま》いにゃ簀《す》巻《ま》きにされて、大川に抛りこまれるぜ」

「それこそ、土左衛門になりましょうな」

あっけらかんと言いはなち、唐硯は「ぬはは」と笑う。

なぜか、半四郎も笑いたくなった。

「おめえ、不思議と憎めねえやつだな」

「そうおもってくれるんなら、朝飯でも馳走してもらおうかな」

「婆さんを揉んでやるのがさきだろうが」

「いいんですよ。あの婆さま、いつ死んでもおかしかないんです。さ、そのさきの一膳飯屋にでもまいりましょう」

強引に袖を引かれ、抗《あらが》う気力も失せた。

七

夕刻、雪が静かに舞っている。

半四郎と仙三は南茅場町《みなみかやばちょう》の大番屋《おおばんや》に詰め、丸い手焙《てあぶ》りを抱きながらひそひそ話をしていた。

柳橋の大川沿いに、格の高さでは『夕月楼』と肩を並べる『雪花亭《せっかてい》』なる茶屋があった。仙三の調べによれば、昨晩、芸者のさだ吉は雪花亭の座敷に呼ばれていた。いくつか座敷を掛けもちしたなかで、侍の宴席がひとつだけみつかった。

「接待役は木挽町《こびきちょう》の炭問屋、房州屋治右衛門《ぼうしゅうやじえもん》です」

「炭問屋か」

房州産の炭薪《たんしん》を一手に引きうける新興商人で、川辺竹木炭薪問屋仲間《かわべちくもくたんしんどんやなかま》にも名を連ねている。川辺竹木炭薪問屋は、関八州《かんはっしゅう》にまたがる産地から山方《やまがた》問屋と呼ぶ産地問屋を通じて炭薪を仕入れ、仲買《なかがい》や小売へ卸《おろ》す。江戸において唯一炭薪卸し商いを許された商人たちのことで、問屋仲間以外から炭薪を仕入れて売れば、お上から罰せられるほどの利権を握っていた。

「接待された侍の素姓《すじよう》は」

「それが、佐倉藩の重臣でした」

「また、佐倉藩か」

「重臣の名は臼井内記、江戸留守居役だそうで」

「ほう」

さすがの半四郎も、いささか驚かされた。

臼井内記とは、佐倉藩の上屋敷を訪れた際、梶岡琢磨の口から漏れた名だ。

おおかた、臼井家用人頭の梶岡も、炭屋の催《もよお》した宴席に同席していたにちがいない。

「房州屋は佐倉藩の御用達《ごようたし》なので、藩の留守居役に飲み食いさせても咎《とが》めを受ける筋合いのものじゃありやせん」

ただし、この連中、噂ではかなりの悪党らしい。

「ほう、悪党なのか」

「いえね、噂を流したのは、殺されたさだ吉なんですよ」

さだ吉は寝物語に悪だくみのからくりを聞かされ、自分にも運が向いてきたと自慢していたらしい。仙三は、同じ置屋の妹芸者から事情を聞いたのだ。

「さだ吉は、妹芸者がいくら聞いても、悪だくみの中味を教えてくれなかったそうで。ただし、寝物語を聞かせたお大尽《だいじん》の正体は喋っておりやした。驚くなかれ、そいつは留守居役の臼井内記でしてね」

さだ吉は臼井にたいそう気に入られ、宴席のときはかならず横に侍《はべ》り、気づいてみると、ふたりで別室に消えていたという。

「さだ吉は芸より色を売る。儲《もう》け話はひとりじめにするってんで、仲間内では好かれておりやせんでした。しかも、頰傷《ほおきず》の安五郎《やすごろう》とかいうごろつきの情夫と離れられず、可愛い面を一枚引っぺがせば、とんでもねえあばずれだったってはなしで」

無残な死に方をしたほとけが仲間内からそれほど悪く言われるのも、めずらしいはなしだ。

「聞いているうちに、何やら可哀相《かわいそう》になってきやしたよ」

仙三は少し間をおき、はなしの筋を描いてみせる。

「さだ吉は寝物語で悪だくみを聞き、金になると踏んだ。さっそく、情夫の安五郎に相談すると、莫迦《ばか》な安五郎はたいした考えもなしに、十二万石の大名家江戸留守居役に強請《ゆすり》を掛けた」

安五郎とさだ吉の繋《つな》がりは容易《たやす》く露見した。身から出た錆《さび》と言えばそれまでだが、小悪党は大悪党を騙そうとして墓穴を掘った。

「それが顚末《てんまつ》で。代書屋のおきたが殺められたのは、とばっちりかもしれやせん。おきたはひょんなことから、悪だくみの中味を知っちまった。それを悪党どもに勘づかれ、口封じされたってのはどうです」

「いちおう、筋は通るな」

「でやしょう。ひょっとすると、例の懸想文は、さだ吉が臼井内記に宛てたものだったのかもしれねえ。うん、きっとそうだ」

「待て。文の中味をおもいだしてみろ。雪猫のくだりだ。かりにも大名家の留守居役ともあろう者が、枕芸者のために雪猫をつくるとおもうか」

「それもそうか。だったら、あの文はさだ吉に騙された男どものひとりに宛てたものでやしょうか」

「そうさな」

判然《はんぜん》としない。

仙三の指摘は、どうも的を外しているような気がしてならなかった。

いずれにしろ、闇はいっそう深まるばかりで、光明は見えてこない。

暮れ六つの鐘が捨て鐘を打ちはじめたころ、夕月楼の金兵衛から「さだ吉殺しの場所がわかった」との報せがはいった。

さっそく、仙三とふたりで出向いたさきは、元柳橋の船宿だった。

「ここなら、薬研堀は目と鼻のさきだな」

船宿の入口近くでは、金兵衛が待っていた。

「八尾さま」

「おう、金兵衛か。ここか、例の場所ってな」

「はい。されど、確かな証しはありません。なにせ、油売りに告げられたはなしですから」

「油売り」

「はい。見も知らぬ若い男でした。何やら切羽詰《せっぱつ》まった様子で、昨晩、この船宿でさだ吉と男を見掛けたと申しました」

「男」

「身分の高い侍にはちがいないのだが、頭巾《ずきん》ですっぽり顔を隠していたとか」

「油売りの名は」

「名乗りませんでした」

船宿の名を告げるや、すぐさま背中を見せ、逃げるように去っていったという。

「妙な男だな」

「関わりになりたくないのでしょう」

「それなら、報せに来なきゃいい」

「薬研堀でほとけを目にして、黙っていられなくなったのかも」

良心の呵責《かしゃく》をおぼえた油売りが、野次馬のなかに混じっていたのだろうか。

半四郎は、おきたの長屋で逢った蓑吉の顔を思い出そうとした。

だが、その面つきを、まったくおぼえていないことに気づいた。

「八尾さま、船宿の女将を捕まえて、侍の正体を吐かせやしょう」

仙三が横から口を挟む。

女将の口から「臼井内記」という名が出るのを期待しているのだ。

「まんがいちってこともある。仙三、裏口を固めろ」

「合点で」

すばしこい御用聞きが走りさるのを見届け、半四郎と金兵衛は表口のまえに立った。

八

踏みこもうとした瞬間、前触れもなく引き戸が開いた。

顔を出したのは、窶《やつ》れた四十年増だ。

「うえっ」

半四郎を見るなり仰天《ぎょうてん》し、花柄の裾を手繰《たぐ》って踵《きびす》を返すや、一目散《いちもくさん》に廊下を駆けぬけていく。

「女将だ」

金兵衛が叫ぶよりさきに、半四郎は女の背中を追いかけた。

前歯を剃いた女は半四郎を振りきり、勝手口へ走りこむ。

「仙三、行ったぞ」

半四郎は駆けながら、大声を張りあげた。

女が戸口を抜けた瞬間、すっと仙三の足が伸びた。

「ひゃっ」

女は蹴《け》つまずき、ざらめ雪のうえに顔から落ちていく。

額や頬をみっともないほど擦りむきつつも、蹲って謝りだした。

「ご勘弁を、ご勘弁を」

わけがわからないながらも、半四郎は十手を抜き、厳しげに発してみせる。

「いいや、勘弁ならねえ。おめえ、この船宿の女将だな」

「は、はい。くまと申します」

「おくまか。隠し事をしているかぎり、勘弁ならねえ。ただし、この場で洗いざらい喋るってなら、はなしは別だ」

「え、喋ればお許しいただけるので」

「正直に喋れば許してやるよ。さあ、なかにはいろうぜ」

半四郎は八つ手のような手を差しのべ、泣き顔のおくまを船宿へ招じ入れた。

大福帳《だいふくちょう》の吊された内証《ないしょう》のなかへ閉じこめると、おくまはすっかり観念したようにうなだれた。

長火鉢《ながひばち》に炭を入れ、景気よく燃やしてやる。

おくまは暖をとりながら、ぽつぽつ語りはじめた。

「二年前、亭主に死なれ、細腕一本で船宿をどうにかやってまいりました。曖昧《あいまい》宿《やど》にしなければ、つづけることなどできゃしなかった」

「んなことはわかっている。船宿が男女の逢い引きに使われることを、知らねえ者なんざいねえ」

「そうじゃないんです。八丁堀の旦那、正直に喋ったらお許しいただけるんですよね」

「ああ、そう言った」

「わたし、お客に口止めされたんです。何があっても、ここで起きたことを外に漏らしてはいけない。黙っていればまた使ってやるからと、ご家来衆に口止め料までいただいたんです」

「ご家来衆だって」

「お殿様の素姓はわかりません。いつも頭巾をかぶっておられ、お顔もわからないんです。お旗本か、お大名のご重臣か、どっちにしろ、ご身分の高い方にはちがいないんですけど」

「いってえ、何があった」

逸《はや》る気持ちを抑えかね、半四郎は膝を乗りだす。

おくまはごくっと唾を呑み、縺《もつ》れた舌を滑らせた。

「つ、連れこまれた敵娼《あいかた》が……く、首を絞められて死んじまったんです」

「何だと」

「だ、旦那……す、助けてください……う、うう」

おくまは蹲り、嗚咽《おえつ》を漏らす。

落ちつくのを待って、さきを促した。

「す、すみません」

「大丈夫か」

「はい。わたし、いつか八丁堀の旦那が踏みこんでくるんじゃないかって、びくびくしておりました」

仙三が横から顔を出す。

「八尾さまでよかったぜ。ほかの旦那だったら、おめえは磔獄門《はりつけごくもん》だ」

「げっ」

萎縮《いしゅく》するおくまの肩を、半四郎がそっと揉んでやる。

「恐がることはねえ。おれは約束を守る男だ」

「はい」

「じゃ、聞くぜ。首を絞められた女の素姓は」

「わかりません。余計なことは聞かないようにしていましたから。でも、細面《ほそおもて》で色白の女たちでした。齢は二十一、二でしょう。たぶん、三人とも粋筋の女だと」

「ちょっと待て、三人と言ったな」

「はい」

この半年で首を絞められて殺された女が三人、そのたびにおくまは口止め料を貰っていたという。

「おい、どういうことだ」

我を忘れて詰めよる半四郎の袖を、金兵衛が引っぱった。

「八尾さま、冷静に、冷静に」

「わかってらあ。心配《しんぺぇ》するな。おくま、わるかったな」

優しく微笑んでやると、おくまは女たちが殺められた情況を語った。

「酔ったご家来衆のおひとりが、そっと教えてくれました。頭巾の御仁は事に及ぶと、敵娼の首を絞める癖《へき》があるのだそうです」

「癖か」

褥で妙適《みょうてき》に達するや、敵娼の首を絞めようとするのだ。もっとも、毎回殺めるわけではない。侍たちはこの半年で十度も船宿を訪れていた。ともに連れこまれた敵娼は同じ女のときもあったが、ほとんどは別の女たちで、そのうちの三人が不運にも亡くなったのである。

いずれにしろ、卑劣《ひれつ》な男の奇妙な「癖」ゆえに殺されてしまった女が、少なくとも三人はいた。ひとり目は半年前、ふたり目は三月前、そして三人目は昨夜だ。

おくまは知らないようであったが、油売りの言ったとおり、三人目の犠牲者がさだ吉だった公算は大きい。さだ吉はこの船宿に連れこまれ、偉そうな侍に首を絞められた。そして、家来ふたりが遺体の始末を仰せつかったのだ。

偉そうな侍とは、佐倉藩江戸留守居役の臼井内記であろうか。

下手人が誰であれ、野放しにしておくわけにはいかなかった。

「おくま、頭巾侍の素顔は見てねえのか」

「見ておりません。でも、ご家来衆ならわかります。商売柄、いちど目にした顔は忘れません」

ふと、梶岡琢磨の顔が浮かんだ。

「よし、面通しをやろう」

「え、面通しですか」

「嫌なのか。だったら、罪に問うぜ」

「や、やります。面通しでもなんでも。旦那の言うとおりにいたします」

「段取りをつけたら呼びにくる。そのときは頼まあ」

「はい」

「それから、今のはなしを誰かに喋ったことはあるか」

「ありません」

「ひとり目の殺しがあったなあ、半年前だと言ったな。秘密を打ちあけた相手がいねえかどうか、もういちどじっくりおもいだしてくれ」

おくまはしばらく考え、自信なさそうに漏らす。

「半年前に腰を患《わずら》いまして、そのときお世話になった骨接《ほねつ》ぎ医者がおります」

「骨接ぎ医者か」

「はい。揉み治療が評判の名倉源才《なぐらげんさい》という医者で、しばらくのあいだ、千住《せんじゅ》からわざわざ通ってもらいました」

揉んでもらったら、痛みが嘘のように消えた。

何度か世話になっているうちに、深い仲になったらしい。

「鍼治療《はりちりよう》をほどこされ、妙な気分にされちまったんです」

ツボに鍼を打たれて夢見心地になり、そのとき、ぽろりと悩みを打ちあけたかもしれないと言う。

さだかではないがと、おくまは言う。

だが、喋ったなと、半四郎はおもった。

金兵衛も確信したのか、かたわらでうなずいている。

「源才先生以外に、おもいあたる方はおりません。でも、どうして、そんなことをお聞きになるのです」

半四郎は、渋柿《しぶがき》を齧《かじ》ったような顔をした。

「おれたちをおめえのもとに寄こした者の正体が、是非とも知りてえとおもってな」

「まさか、源才先生が旦那たちを」

「いいや、源才なんぞという色医者は知らねえ。連絡役《つなぎやく》をやったな、若《わ》え《け》油売りだっていうしな」

「若い油売り」

おくまは首を捻る。

「うちに出入りしている油売りは、還暦《かんれき》を越えた親爺さんです」

「若え油売りにおぼえはねえんだな」

「はい」

名倉源才なる骨接ぎ医者とは、深い仲になってすぐに別れたという。

「先生はいつも、ご自分のほうからやってこられました」

あらためて考えれば、こちらから連絡を取る方法を知らないと、おくまは悲しげに漏らした。

九

十六夜《いざよい》の月が、雪道を仄白く浮かびたたせている。

悩んだときや迷ったとき、かならず読みかえす文があった。

かつて心を奪われていた相手から貰った文だ。

楢林雪乃《ならばやしゆきの》。

隠密目付《おんみつめつけ》の娘として生まれ、父の手ほどきで女だてらに武芸百般を仕込まれ、みずからも江戸町奉行の命で動く隠密となった。

「雪乃どの」

おそらく、半四郎がまともにやりあっても剣術では勝てなかったであろう。それほど強靭《きようじん》な剣の力量ゆえか、誰にたいしても勝ち気で芯《しん》の強い女を演じなければならなかった。

雪乃の弱さや悲しみを知っていたのは、おそらく、自分だけであったろうと、半四郎は自負している。五年前に知りあい、ひと目惚れして恋い焦《こ》がれ、ことあるごとに恋情を打ちあけてもいたが、ついに気持ちは届かなかった。

昨秋、雪乃は長らく親しんだ江戸を離れ、廻国修行《かいこくしゆぎよう》の旅に出た。品川《しながわ》まで見送りにいった際、そっとこの文を手渡されたのだ。

——わたくしは自分の決めた道を進みます。半四郎さまもご自分で信じる道をお進みください。

それは決別の文にしては、温かいぬくもりの感じられるものだった。筆跡がわずかに震えて見えるのは、昂《たか》ぶる決意のためなのか、それとも別れを惜しんでのことなのか。

そうやって未練たらしく憶測《おくそく》しては、半四郎は後ろめたい気持ちにさせられた。

おれはもう、所帯を持ったのだ。

雪乃のことは、疾《と》うにあきらめた。

ちょっとしたすれちがいが重なり、ふたりは交じりあわなくなった。

もう少し勇気があれば、どうにかなっていたかもしれない。

今にしておもえば、強引になるべき機を逸《いっ》したようにもおもう。

だが、今さら悔《く》いたところで詮無《せんな》いはなし、過ぎたときは戻らない。

正直、一抹《いちまつ》の後悔を抱えたまま、菜美という娘を娶《めと》った。

雪乃とくらべて、菜美は甲斐甲斐《かいがい》しい。

夫に尽くすことを当然のようにおもい、母の絹代《きぬよ》にも気に入られていた。

十手持ちの嫁にするなら、十人が十人、菜美を選んでいたとおもう。

半四郎自身、所帯を持てば雪乃への未練も消えると考えていた。

ところが、肝心なときに浮かんでくるのは、今は何処《いずこ》の空の下にいるとも知れぬ雪乃の面影だった。

「逢いたい」

抑えがたい熱情が沈黙となって重くのしかかるとき、唯一の救いとなってくれるものは菜美の屈託《くったく》のない明るさしかない。

半四郎は地蔵橋《じぞうばし》の欄干《らんかん》に身を寄せ、文をちぎって捨てようとする。

いつもと同じように躊躇《ためら》い、捨てることができずに懐中深く仕舞う。

「くそっ」

つくづく女々《めめ》しい男だと自分を蔑《さげす》み、背を丸めて歩きはじめる。

八丁堀の自邸へ近づくと、美味《うま》そうな味噌汁《みそしる》の匂いが漂ってきた。

世の男たちはひょっとしたら、味噌汁の匂いを嗅ぐために家へ戻ってくるのかもしれない。

そんなことを考えつつ、塀際の薄暗がりを進む。

「ん」

何者かの気配を察し、半四郎は足を止めた。

木戸門の脇に、御高祖頭巾《おこそずきん》の女が立っている。

半四郎を見つけ、深々とお辞儀をしてみせた。

誰かは、わからない。

「旦那、わたしですよ」

つつっと近づいてきた女は、寒さで鼻を赤くさせていた。

「あ、おめえは」

「百瀬の女将、かつです」

「いってえ、どうしたんだ」

「旦那にお伝えしなくちゃいけないおはなしが。おきたちゃんのことですよ。旦那は信頼のおけるおひとだって聞きました。だからきっと、おきたちゃんの仇《かたき》を討ってくれるにちがいないって、そうおもったんです」

「おれのことは知らねえはずだろ」

「ある方に聞きました」

「ある方」

「照降長屋のおまつさんです」

「おまつどのか」

「はい。八丁堀で唯一信用できる旦那だって、おまつさんがそう仰るならと、重い神輿《みこし》をあげたんです」

重い神輿と言うだけあって、どっしりした腰つきをしている。

「でも、ご安心を。お宅までお邪魔しようなんて、図々しいことは考えておりませんから。立ち話で充分です。お寒うございましょうが、そこのお稲荷《いなり》さんまでお付きあい願えませんか」

「かまわねえぜ」

半四郎は襟を寄せ、寒風の吹きぬけるなかを従った。

地蔵橋まで戻ったあたりに小さな稲荷社があり、人影もない参道を進むと、石《いし》灯籠《どうろう》にかぼそい灯明《とうみよう》が灯っている。

「わたしが点けといたんですよ」

「そうかい。で、はなしってのは何だ」

「おきたちゃんに聞いたはなしです。懸想文を頼まれた芸者が深川《ふかがわ》と向島《むこうじま》にひとりずついたのだけれど、ふたりとも頼みっぱなしのまま、あの世へ逝っちまった。それがどうにも気になって調べてみると、ふたりとも首を絞められて殺されていたって、おきたちゃんはわたしにそう告げたんです」

「まことか」

船宿で首を絞められた女たちのことが、半四郎の脳裏を過《よぎ》る。

驚きを隠さずにさきを促すと、おかつは小首をかしげた。

「妙なはなしですけど、おきたちゃんは死んだふたりの懸想文を綴るにあたって、届ける殿方の名を聞かされていなかった。でも、ふたりの相手が同じだってことに気づいたんです。その客、深川と向島の置屋ではちょいと噂になった御仁でしてね、芸者たちのあいだでは『疫病神《やくびようがみ》』と呼ばれておりました」

おかつは、おきたが無残な死にざまを遂《と》げたあと、ふたつの置屋を訪ねてみた。

「置屋の女将さんたちは口にするのも不吉だと言いながらも、疫病神の素姓を教えてくれました」

半四郎はおもわず、身を乗りだす。

「素姓がわかったのか」

「ご姓名はわかりません。さるお大名家のご重臣だそうです。いつも、名を伏せておられましたが、顔つきだけは芸者たちに聞いておきました。何でも、髪に霜《しも》の混じった痘痕面《あばたづら》の老侍だったとか」

「痘痕面の老侍か」

「はい」

「ひょっとしたら、そいつがおきたちゃんを殺めた下手人かもしれない。そうおもったら、矢《や》も楯《たて》もたまらず」

「勇気をふるいおこして、訪ねてきてくれたんだな。ありがとうよ」

殺されたふたりとは、おくまの船宿へ連れこまれた芸者たちかもしれない。いずれも細面で色白、齢は二十一、二の粋筋の女だったと、おくまは言った。殺されたなかで唯一、面立ちも年齢も異なるのは、代書屋のおきただけだ。

おかつは、考えこむ半四郎の顔を覗きこむ。

「こんなはなし、お役に立ったでしょうか」

「役に立ったなんてもんじゃねえ」

「ほんとうですか」

おかつは目に涙を溜め、深々とお辞儀をする。

「旦那、おきたちゃんの仇を討ってください. このとおり、お願いします」

「わかっているさ。おめえの気持ち、八尾半四郎がしかと受けとったぜ」

「ありがとうございます」

おかつは半四郎の手を握り、涙を零《こぼ》す。

「女将、ひとつ教えてくれ。懸想文の文使いってのは、いるのかい」

「ええ。酒屋の小僧のこともありますし、油売りのこともあります」

「油売り。そいつはひょっとして、蓑吉のことか」

「ええ、そうですけど」

「蓑吉は、おめえの置屋にも出入りしてんのか」

「二年前ごろからでしょうか。三日に一度は顔を出しますよ」

おきたとの連絡役も、何度となく頼んでいたという。

「なるほど」

「蓑吉が、どうかしたんですか」

「いや、なあに。ちょいと聞きてえことがあってな」

「それなら、住んでいるところをお教えしましょうか」

半四郎は蓑吉のねぐらを聞きだし、不安げなおかつに別れを告げた。

十

そのまま家には帰らず、蓑吉の住む木挽町《こびきちょう》二丁目の裏長屋へ向かった。

腹を空かしながら三十間堀《さんじっけんぼり》の汀を歩いていると、敷居の広い商家の軒先に出た。

屋根看板には『房州屋』とある。

「なるほど、ここにあったか」

町屋を挟んで東には佐倉藩の中屋敷が控え、御用達としては便の良いところだ。

いずれにしろ、蓑吉の住む裏長屋が佐倉藩の藩邸と御用達の房州屋に挟まれた町屋の一隅にあることは、偶然ではないような気がした。

　裏長屋は閑散としており、木戸門に近づいても味噌汁の匂いどころか、人の気配すら感じられない。真っ暗な番小屋を訪ねても、番太郎はいなかった。

　木戸門を潜り、雪のうっすら積もったどぶ板を踏む。

　棟割長屋のなかで、ひと部屋だけ灯りが点いていた。

「すまねえ。邪魔するぜ」

　戸を開けて鼻を差しいれると、研《と》ぎ師《し》が魚臭い行灯のもとで刀を研いでいる。

「ちょいとものを尋ねるが、若《わ》え《け》油売りの部屋はどこだ」

　研ぎ師は面倒臭そうに顔をあげ、ぞんざいに顎《あご》をしゃくった。

「どんつきの厠隣ですよ」

「そうかい。ありがとよ」

　半四郎は教えられたとおり、どんつきの部屋まで進んだ。

　腰高障子は開いているが、なかは真っ暗で人の気配はない。

「蓑吉はいるか」

　いちおう声を掛け、三和土《たたき》に足を踏みいれた。

　饐《す》えたような臭いを嗅いだが、異臭はしない。

ほっと溜息を吐き、三和土の端に置かれた手燭《てしょく》に火を点ける。

かぼそい光に照らされた部屋は狭く、乱雑にものが散らかっていた。

最低でも三日は帰った形跡がないなと、半四郎は踏んだ。

じっくり部屋を眺めまわし、壁の神棚に手燭を向ける。

「ん」

何かが置いてあった。

風呂敷《ふろしき》に包まれた冊子のようだ。

手を伸ばして取り、風呂敷を開いてみると、古い冊子と新しい帳簿が出てきた。

帳簿の表には「写」と書かれ、房州屋の印判が捺《お》してある。

どきんと、心ノ臓が鼓動《こどう》を打った。

捲《めく》ってみると、炭俵の出荷日と出荷量、さらには代金が克明に記されている。

およそ三年分の記録で、同じ荷にたいして代金は二種類併記され、朱で記されたほうは、おしなべて三倍の値をつけていた。

ひょっとしたら、裏帳簿かもしれない。

以前にも、これと同じような帳簿を目にしたことがある。

そのときは米だった。安価な米を値の張る美濃米と偽《いつわ》って卸した阿漕《あこぎ》な米問屋を捕まえたとき、見つけた裏帳簿に米の卸し値が黒と朱の二種類併記されてあった。黒と朱の差額が悪徳商人が不正に儲けた金額を示しており、何年分かをまとめた儲けの合計は三千両近くにのぼっていた。数日後、商人の蔵をあばいたところ、やはり、三千両近くの隠し金が見つかった。米問屋は申しひらきができず、引ったてられた白洲《しらす》で厳しい沙汰《さた》を受けた。

「米が炭に代わっただけかもしれねえ」

安物の炭を佐倉炭と偽って売れば、差額をがっぽり儲けられる。

房州屋はそれをやったのだ。今も同じやり口で、あぶく銭を摑んでいるのかもしれない。

ただし、安物の炭を高級な品に見せかけるためには、それなりの細工がいる。

その細工こそが、佐倉藩のお墨付きなのではあるまいか。

半四郎は、殺されたおきたの部屋にあった炭俵をおもいだした。

俵面には『さくら』と墨で書かれ、家紋の焼き印も見受けられた。

「丸に竪木瓜の焼き印だったな」

お墨付き換わりの焼き印があれば、疑う者はまずいない。俵の中味は調べられず、気づかれずにそのまま高値で卸され、市場に出まわってしまう。

「それが悪事のからくりか」

房州屋は新興商人にもかかわらず、多大な利権を握る川辺竹木炭薪問屋仲間に列している。仲間になるには、差配する幕府の役人に多額の賄賂《まいない》を渡さねばならない。その役人と繋ぎをつけるべく、佐倉藩の重臣とも懇《ねんご》ろになる必要がある。

房州屋と臼井内記との関わりは、そうした黒いものにちがいなかった。

阿漕な房州屋は偽炭の卸し売りでのしあがり、それを佐倉藩の重臣が裏で支えているのだ。

幕府の権威をないがしろにする由々《ゆゆ》しき不正行為であった。

世に露見すれば、関わった者たちは重罪に問われるだろう。

ゆえに、どうあっても隠しとおさねばならない秘密だった。

秘密を知った者は、ことごとく口封じしなければならない。

柳橋芸者のさだ吉は臼井内記から、寝物語に悪事のからくりを聞かされた。

代書屋のおきたも何らかのきっかけで秘密を知り、それがばれて命を縮めたのではあるまいか。

「いや、待て。どうも、しっくりこねえ」

半四郎は、のどの渇きをおぼえた。

瓶《かめ》に溜めた水を柄杓《ひしゃく》で掬い、ごくごく呑みほす。

「小便臭え水だぜ」

文句を吐きながら、古い冊子のほうを開いてみた。

どうやら、裁きの記録を集めた裁許帳《さいきょちょう》の一部らしい。

佐倉藩の役人が城下で起こった出来事をまとめたものだ。

日付は文化《ぶんか》十二年（一八一五）師走とあるので、ちょうど十二年前の記録である。

記録者は佐倉藩の徒目付《かちめつけ》で、藩御用達の佐倉屋なる山方炭薪問屋が抜け駆けの嫌疑で捕まったとある。

抜け駆けとは、卸し問屋を抜いた直売のことであろう。江戸における山方問屋の直売は幕府のほうでも御法度《ごはっと》とされているので、佐倉屋の主人は重罪に問われ、牢死したと記されていた。

「どういうことだ」

訴人《そにん》の欄《らん》に「佐倉屋番頭、治右衛門」とある。

どこかで聞いた名だが、すぐにはおもいだせない。

「あ」

そういえば、房州屋の主人は治右衛門という名だ。

これは偶然ではあるまい。

房州屋治右衛門は十二年前、佐倉屋という山方問屋の番頭を務めていた。帳面を任されていた番頭ならば、抜け駆けの事実を知らなかったはずはない。ともに罰せられるべき立場のはずだが、訴人をやって主人を裏切り、自分だけ生きのびたのだろうか。番頭治右衛門のその後は記録にないが、佐倉屋を踏み台にしてのしあがった公算は大きかった。

半四郎は黄ばんだ裁許帳を捲り、さらに驚くべき名をみつけた。

佐倉屋の件を裁いた勘定奉行《かんじようぶぎよう》の名が「臼井内記」と明記されてあったのだ。

「なるほど」

当時、臼井は佐倉藩の勘定奉行を務めており、番頭治右衛門の訴人によって佐倉屋の不正を裁いた。裁いた者と訴えた者が十二年後に蜜月の関わりを築いているのは、単なる偶然であろうか。

「とんだ腐れ縁だぜ」

それにしても、妙な感じだ。

半四郎は、じっと考えこんだ。

なぜ、悪事のからくりに繋がる重要な証拠が、饐えた臭いのする部屋の神棚なんぞに置いてあるのか。

油売りの蓑吉に逢うべく訪れた自分が、なぜ、それを見つけてしまったのか。

裏帳簿と古い裁許帳に目を通せば、おのずと悪事の筋書きは浮き彫りになってくる。

「わざと置いたのか」

さきほどから、どうもしっくりこないのは、何者かの意思によって導かれているような気がしてならないからだ。

そうだとすれば、いったい、誰の意思なのだろう。

いくら考えても、おもいあたる人物はいない。

ふと、脳裏に浮かんだのは、微笑んだ女代書屋の死に顔だった。

十一

師走二十三日夜。

半四郎は金兵衛などにも助けを仰ぎ、房州屋がおこなっている偽炭卸しの裏付けを取った。

今は夕月楼の奥座敷に陣取り、吊し切りにした鮟鱇《あんこう》の鍋を突っついている。

「なるほど、これが房州屋の蔵から盗んできた炭ですか」

金兵衛は二本の炭を両手に持ち、かちかち叩いてみせた。

「叩けば音色でわかります。こいつは安い黒炭だ。もちろん、櫟《くぬぎ》を使っちゃおりますがね、炭焼きに要した手間がちがう」

「わかるかい」

「茶屋を営む者なら、誰だってね。日の本一の炭は言わずと知れた紀州《きしゅう》の備長炭《びんちょうたん》ですけど、房州の佐倉炭も茶の湯などには欠かせぬ高価な炭です。使う者がみれば、本物かどうかはすぐにわかりそうなものだが」

「それが存外にわからねえ。偽物は何俵もまとめて、いくつかの大名家へ卸される。仲買を通しているが、それは形ばかりのことで、実際は房州屋の直卸しだ。ほとんどは火鉢と煮炊きに使われ、残りは茶の湯に使われる。茶の湯のほうは本物だ。火鉢と煮炊きは偽物、こっちは炭蔵にまとめて積まれるそうだ。人っては騙されやすい。偽物をごっそり摑まされたら、本物だとおもいこむ」

あるいは、偽物だとわかっても、賄《まかな》い方《かた》の小役人が袖の下を貰って口を噤《つぐ》む。

「お大名は体裁にこだわりますからな」

「そのとおり。炭ひとつとっても、賄い方は安物を買ったら叱責《しっせき》される。一方、出納《すいとう》を担う勝手掛《かってがかり》は、炭代を値切ろうともおもわねえ。帳面に高価な炭を買った証拠が残ればそれでいいんだ」

「偽炭を売っても、まず、疑われる心配はない。悪党ってのは、うまいことを考えるもんですね」

「まったくだ」

金兵衛は眉根を寄せ、鍋の表面に浮いた灰汁《あく》を取る。

「これだけ確たる証拠があれば、房州屋をしょっ引くことはできましょうが、臼井内記との関わりを証明するものはありませんね」

「そこだ。たとい、関わりを証明できたとしても、町方が大名家の重臣を裁くことはできねえ。ただし、臼井内記が殺しの下手人なら、はなしは別だ。御奉行に、これこれしかじかと上申すれば、いかな大名家の重臣と言えども厳しい詮議《せんぎ》は免れねえ」

「なるほど」

金兵衛はうなずき、酒を注いでくれる。

「船宿のおくま、面通しなされたんですよね」

「ああ、船宿で目にした家来のひとりは、用人頭の梶岡琢磨にまちがいなかった」

「やっぱり、そうでしたか」

「梶岡は鹿島新當流《かしましんとうりゆう》の遣い手だ。下手に突っつけば、こっちが怪我をする。それに、梶岡が臼井を庇《かば》って口を噤めば、それまでだ。手懸かりは、ぷっつり消える」

「どっちにしろ、いちばんの悪いやつには手が及ばない。ふうむ、困りましたな」

ふたりは黙って酒を呑み、鮟鱇の胆《きも》を咀嚼《そしやく》する。

と、そこへ、仙三が旅装のまま飛びこんできた。

「お、戻ってきたな」

半四郎と金兵衛は、顔を輝かせる。

仙三は数日前に成田街道《なりたかいどう》をたどって佐倉まで足を延ばし、十二年前の出来事を調べてきたのだ。

「印旛沼《いんばぬま》から昇る朝陽、絶景でござんしたよ」

「そうかい。ま、いっぺえ飲《や》ってくれ」

「へ、こいつはどうも」

仙三は注がれた酒を干し、ぷうっと頬を膨《ふく》らませる。

「こいつだ。こいつが飲りたくて生きてるようなもんです」

「だよな」

仙三は落ちつく暇もなく、蜘蛛が口から糸を紡《つむ》ぎだすように喋った。

「佐倉屋の末路は悲惨でした」

主人の長兵衛《ちょうべえ》が牢死したあと、内儀は首を縊《くく》った。由緒《ゆいしょ》ある店は潰れ、奉公人はばらばらになった。そうしたなか、訴人をやった番頭の治右衛門だけが得をし、やがて、新興の山方問屋として頭角をあらわすようになった。

「佐倉屋長兵衛は、真面目で商売一途《いちず》の善人だったそうです」

ところが、佐倉藩の勘定奉行には、融通の利かない男と映ったらしい。

金兵衛が酒を注ぎながら、口を挟む。

「意のままにならぬ御用達に濡《ぬ》れ衣《ぎぬ》を着せ、言いなりになる男を代わりに重用した。八尾さま、いかがです。この筋書きは」

「ま、そんなところだろう」

半四郎はぞんざいに応じ、仙三に問うた。

「佐倉屋に跡継ぎはいなかったのか」

「息子はおらず、十七の娘がひとりおりやした」

「娘か」

「へい」

町屋では評判の縹緻《きりよう》よしで、気立てもいい。しかも、重臣の屋敷へ女中奉公に出されていた。嫁にするには申し分のない娘で、商家ばかりか、武家からも嫁入りのはなしはあった。

「娘の名、じつは、おさだと言いやす」

「何だって」

「あっしも驚きやした」

殺された柳橋芸者と同じ名だが、年齢は合致しない。生きているとすれば、二十九のはずだ。

半四郎は驚きつつも、はなしのさきを促した。

「引く手あまたのおさだでやしたが、宝籤《たからくじ》を引きあてたのは番方《ばんかた》の一本気なお侍《さむれえ》でした」

名は由良主水之介《ゆらもんどのすけ》、軽輩だが、藩でも屈指の剣士だったという。

おさだは由良の上役の養女となり、両家で結納も済ませていた。

そうしたさなか、とんでもない凶事が勃《お》こった。

「佐倉屋が罪を着せられ、潰れちまった」

「さいでやす」

「おさだはどうなった」

「行方知れずになりやした」

由良主水之介との縁も切れたが、由良も重罪人に関わったことで謹慎《きんしん》の沙汰を受け、当然のごとく出世の道は閉ざされた。

仙三のはなしを聞きながら、半四郎はおきたの死に顔をおもいだしていた。

金兵衛が、それと察したように指摘する。

「殺されたおきたは、佐倉の商家出身でしたな。拠所ない事情があって実家は潰れ、みずからは置屋を転々とする身になったと」

「ああ、そう聞いた」

「佐倉屋のおさだと、年格好は同じだ。もしかしたら、おきたはおさだかもしれませんよ」

「だとすりゃ、房州屋に底知れぬ恨みを抱いていたにちげえねえ」

何せ、双親《ふたおや》を殺されたも同然なのだ。

仙三が言う。

「蓑吉っていう若え油売りも、房州屋に恨みを持つ者かもしれやせん」

「かもな」

おきたはきっと、積年の恨みを晴らしたかったにちがいない。

ところが、願いは叶《かな》わず、あの世へ旅立ってしまったのだ。

それにしても、どうして、おきたは微笑んでいたのだろうか。

ふたたび、最初に抱いた疑問が、胸のなかに膨らんでいった。

十二

三日後、二十六日。

柳橋の『雪花亭』にて房州屋が催した宴席があり、臼井内記ら佐倉藩の面々が招かれた。

半四郎はひとりで見世を張りこみ、夜更けまで様子を窺ったが、途中で用人頭の梶岡琢磨が茶屋を離れたので、背中を追ってみることにした。

すでに亥《い》ノ刻（午後十時）を過ぎ、出歩く者もいない。

おもったとおり、梶岡は両国広小路を突っきり、薬研堀へ向かった。

相手は剣におぼえがあるので、間合いを隔てないことには勘づかれてしまう。

空に月はなく、半町も離れれば見失う恐れはあった。

案の定、すぐに見失ってしまった。

「どうせ、行き先はわかっている」

先触れとして、おくまの船宿へ向かったにちがいない。

もちろん、そうともかぎらず、焦《あせ》りが募った。

「くそっ」

気持ちばかりが急いて、雪道で何度も転びかける。

やがて、大川沿いに、船宿の軒提灯《のきぢょうちん》が見えてきた。

慎重に歩を進め、周囲に気を配りながら表口へ向かう。

「うっ」

戸は開いており、内から血腥《ちなまぐさ》い臭いが漂ってきた。

背帯から十手を引きぬき、三和土へ一歩踏みこむ。

「く」

声を失った。
上がり框《かまち》に、血塗《ちまみ》れの女が蹲っている。
確かめずとも、おくまであることはわかった。
肩口から袈裟懸けに斬られ、斬り口からは湯気があがっている。
斬られたばかりなのだ。
呼ばれて表戸を開けた瞬間、斬られたにちがいない。
斬ったのは、梶岡だ。
おくまは声をあげる暇もなく、引導を渡された。
「ぬふふ」
突如、軒先に人の気配が立った。
「うおっ」
半四郎はおくまの頭上を飛び越え、板間に転がった。
起きあがって身構えると、戸口から人影があらわれる。
「不浄役人め。やはり、おぬしか」
口をひん曲げて笑うのは、梶岡琢磨にほかならない。
厳《いか》ついからだから、むらむらと殺気を放っている。

半四郎は大きく息を吸い、気持ちを落ちつかせた。

腹の底から、ぐっと怒りが湧いてくる。

「なぜ、おくまを斬った」

「鼠《ねずみ》を誘ったのよ。藩邸のまわりを嗅ぎまわっている同心がおると聞いてな。船宿の女将に罪はない。おぬしと関わったせいで、命を縮めたのだ」

「黙れ。あんたらのことは調べさせてもらった。妙な癖を持った上役に仕えておるのだろう」

「ほほう。そこまで知っておったか」

「そんな悪党に仕え、情けないとはおもわぬのか」

「ぬへへ、甘っちょろいことを抜かす。わしはな、薄っぺらな忠義なんぞで仕えておるのではない」

「だったら、金か。なるほど、留守居役の信を得ておけば、甘い汁が吸えるだろうからな」

「おぬし、わしらを調べてどうする気だ」

「獄門台へ送ってやるさ」

「笑止な。証拠もないのに、どうやって裁く」

「やり方なら、いくらでもある。おれが生きているかぎり、おめえらには枕を高くして眠らせねえぜ」

「ふん。あの世でも減らず口が叩けるかな」

梶岡は鯉口《こいぐち》を切り、ゆっくり白刃を抜きはなつ。

三和土を踏みしめ、じりっと迫ってきた。

「こんな狭《せめ》えなかで、斬りあうのか」

「そうだ。おぬしはわしより首ひとつでかい。狭いなかでは、わしに利がある」

「ちゃんと考えてんじゃねえか」

半四郎は迷った。

十手で闘うか、それとも、刀を抜くべきか。

「まいるぞ」

梶岡はこちらの逡巡《しゅんじゅん》を見透かしたように、おくまの遺体を飛びこえた。

「やっ」

気合いを発し、頭から突っこんでくる。

「うおっ」

切っ先がおもった以上に伸び、半四郎は尻餅をついた。

「ぬえい……っ」

間隙を逃さず、白刃が真っ向から振りおろされる。

半四郎は、鬢《びん》一寸のところで避けた。

勢い余った切っ先が板間に刺さる。

「こんにゃろ」

半四郎は丸太のような脚を振りあげ、顎を狙って蹴りつけた。

「何の」

梶岡はひらりと躱《かわ》し、脇差を抜いて横に払う。

「ぬぐっ」

臑《すね》を浅く斬られた。

横転しながら起きあがる。

「ふわああ」

半四郎は倒れこむかのように、肩からぶつかっていった。

「ぬわっ」

不意をつかれた梶岡は、避けた拍子《ひようし》に足を滑らせた。

半四郎は三和土に飛びおり、頭から板戸にぶちあたる。

大音響とともに板戸は破れ、からだが外へ投げだされた。

何とか立ちあがると、塵芥《じんかい》おさまらぬなかから、梶岡がゆっくり近づいてくる。

半四郎は十手を背帯に仕舞い、腰の大刀を抜きはなった。

「ふふ、刃引き刀ではないのか」

梶岡は勝ちほこったように漏らし、右八相《みぎはっそう》に構えた。

鹿島新當流の構えは独特だ。両足を撞木《しゅもく》に開いて腰をどっしり落とし、肘《ひじ》をおもいきり張って耳よりも高く刀を掲げる。

必殺の袈裟懸けは、鋭く踏みこみ、両腕を伸ばして大きな弧《こ》を描く。

強烈な一撃は、相手の受け太刀を叩き落とすほどの威力をそなえていた。

青眼に構えた半四郎は表情にこそ出さぬが、竦《すく》みあがるほどの威圧をおぼえた。

「まいるぞ」

梶岡は先手を取った。

「はっ、とう」

裂帛《れっぱく》の気合いを発し、生死の結界へ踏みこんでくる。

受けてはいけない袈裟懸けを、半四郎はまともに受けた。
――がしっ。
双手が痺《しび》れ、火花で目が眩《くら》む。
気づいてみれば、刀がまっぷたつに折れていた。
「ぬはは、そこまでじゃ。とあ……っ」
梶岡は青眼に構え、咽喉を狙って突いてくる。
遠山《えんざん》か。
これも、鹿島新當流の秘技だ。
だめだ。躱せぬ。
半四郎は、死を覚悟した。
「のぞみどおり、逝《ゆ》かせてやる」
びゅっと、刃音が鳴った。
と、そのとき。
両者のわずかな隙間に、一陣の風が吹きぬけた。
「ぬげえ……っ」
断末魔《だんまつま》の悲鳴とともに、鮮血が降りかかってくる。

半四郎は、石のように固まった。

いったい、何が起こったのか。

すぐには理解できない。

刀を握った両手が、雪のうえに転がっている。

梶岡はと見れば、両腕を肘のさきから失っていた。

夥《おびただ》しい血を噴きちらし、仰《の》けぞるように倒れていく。

もうひとつ、別の人影があった。

半四郎は飛びのき、折れた刀で身構える。

「誰だ」

吹きぬけた風の正体は、茶筅髷の男だ。

「お、おめえは」

「笥医者だよ」

中嶋唐硯であった。

「ど、どうして、おめえがここにいる」

「教えてやってもいいが、そのまえに礼を言わぬか。わしが助太刀せなんだら、おぬしは今ごろあの世行きだ」

そのとおりだが、礼のことばも出てこない。

半四郎は口を半開きにしたまま、筍医者の素姓をあれこれ憶測していた。

十三

桟橋に繋がれた小舟に誘われ、半四郎は船上の人となった。

空には星々が瞬き、川面をわずかに光らせている。

艫《とも》に立つ船頭は若い男で、頬被《ほっかむ》りをしていた。

風は冷たく、身を切るようだ。

半四郎は襟を寄せ、口を開いた。

「あんた、剣術の達人じゃねえか」

「ふん、たいしたことはない」

「どうして、素姓を隠していやがる。そもそも、あんたは何者だ」

「わからぬのか。それなら、わからぬままにしておくか。むふふ」

「頼む。教えてくれ」

「教えてもいい。ひとつ、約束してくれたらな」

「約束だと」

「ああ。わしはこれより、悪党退治をせねばならぬ。まんがいちのときは、骨を拾うてくれ。そのことを約束してくれたら、すべてはなす」

筍医者は真剣な眼差しを向け、ぐっと身を寄せてくる。

「わしは、おぬしの命を助けた。恩を売る気はないが、わしを信用しろ」

半四郎は迫力に呑まれ、うっかりうなずいてしまう。

「そうか。骨を拾うと約束してくれるか。ありがたい」

唐硯は、背に隠していた瓢を差しだす。

「瓢酒だ、呑もう」

手渡された瓢をかたむけ、半四郎は冷や酒を呑んだ。

しばらくすると臓腑《ぞうふ》が熱くなり、寒さをあまり感じなくなった。

唐硯も瓢をかたむけ、のどを鳴らして酒を呑む。

「ぷはあ、たまらぬ。江戸の不浄役人と、これで呉越同舟《ごえつどうしゅう》となれたわ。ふはは、わしの名は由良主水之介じゃ」

「げえっ」

驚く半四郎を尻目に、由良は早口でまくしたてる。

「調べておるとおもうが、代書屋のおきたは結納を交わした相手じゃ。わしは十二年前、佐倉藩より謹慎の沙汰を受け、そのまま出奔した。出世の道が閉ざされたからではないぞ。臼井内記の悪だくみを知ったからだ。私利私欲のために御用商人の佐倉屋を罠《わな》に陥《おとしい》れ、阿漕な番頭の治右衛門を引きたてた。その事実を知り、何もかも嫌になったのさ」

嫌になっていきなり藩を捨てるというのも、浅薄なはなしにおもわれた。

「堂々と訴えようとはおもわなかったのかい」

「命を賭して訴えようと決意し、上役に相談した。上役はその場で助力を約してくれたが、じつは謀《たばか》られていた。その日のうちに悪事の証拠はことごとく消され、訴えたわしには罪人となる運命が待っていた。ふっ、甘すぎたのよ。海千山《うみせんやま》千《せん》の相手を敵にまわして闘うには、あまりに若すぎた」

由良は浪人となり、江戸で三年ほど暮らした。一時期は上方へ居座ったが、二年前に江戸へ戻ってきた。そのとき、たまさか茶屋で見掛けた女が、おきたと名を変えたおさだであった。

「十二年経っても、面影はちゃんと残っておった。よもや、忘れることはない。わしはおさだに心底惚れておった。行方知れずとなってからも、おさだとの再会を望んでおったのだ」

由良は寒空を仰ぎ、ひと筋の涙を零す。

「おもいは天に届いた。いや、おさだの胸にしっかり届いた。あれはわしと再会し、嬉し涙を流してくれたのだ。そのとき、どんなことをしてでも、おさだを守らねばならぬと決意した」

ところが、肝心のおさだは、別の決意を固めていた。

亡くなった双親の無念を晴らしたいと、そうおもっていたのだ。

「おさだは、臼井内記と房州屋治右衛門の悪事をつきとめていた。十二年前と同様、きゃつらは偽炭を売って私腹を肥やしておったのさ。おさだには、それが許せなかった。わしとて、おもいは同じよ。ふふ、じつはもうひとり、房州屋に恨みを抱く者がおってな」

由良は艫に向かって、顎をしゃくる。

「おぬしの捜していた男だ」

痩せた船頭が頬被りを解き、深々とお辞儀をしてみせる。

「油売りの蓑吉さ。十二年前は佐倉屋の丁稚《でっち》だった」

「まことかよ」

捨て子の蓑吉は親切な佐倉屋夫婦に拾われ、実の子も同然に育てられた。

おさだのことは、姉のように慕っていたという。

恩人を裏切った房州屋治右衛門への恨みは深い。

三人は本懐《ほんかい》を遂げる方法を見出すべく、何ヶ月も掛けて敵の動向を調べつくし、行動を起こした。

「半年前のはなしだ。わしは闇討ちを狙い、宴席帰りの夜道で臼井の乗った駕籠を襲った。ところが、失敗《しくじ》った。楯となる梶岡の強さは知っていたが、臼井自身が居合の遣い手であることに気づかなんだ」

由良は深手《ふかで》を負わされ、半月ほど生死の境を彷徨《さまよ》った。

それ以後、敵は警戒するようになり、おいそれと手を出すことができなくなった。

無為なときが過ぎ、手詰まりの情況にあったころ、おさだが置屋の筋から「疫病神」の噂を仕入れてきた。

「疫病神とは、臼井内記のことだ。妙適にいたると、敵娼の首を絞める。そうした妙な癖があり、調べてみると、ふたりの芸者を殺めていた。さよう、あやつは唾棄《だき》すべき人殺しだ。その癖を逆手に取ってやると、おさだは言った」

「逆手に取る」

「段取りを聞かされたとき、正直、わしは耳を疑った。できるわけがないと、おさだを叱りつけた。されど、おさだの決意は岩よりも固く、わしも蓑吉も次第に説得されていった」

由良は黙りこみ、昏《くら》い川面をじっと見つめた。

聞こえてくるのは、蓑吉が操る櫓の音だけだ。

半四郎は、焦《じ》れたように問う。

「教えてくれ。おさだの考えた手法とは何だ」

「知りたいか」

由良はやおら立ちあがり、素早く刀を抜きはなつ。

切っ先を半四郎の鼻面に向け、ぽつりと漏らした。

「おさだの首を絞めたのは、このわしだ」

「何だと」

「わしを捕まえると言うなら、おぬしをこの場で斬らねばならぬ。わかるだろう。わしらには、やらねばならぬことがあるのだ。さあ、どうする」

半四郎は、微動だにもしない。

「あんたに縄を打つ気はねえ。どういうことか、ぜんぶはなしてくれ」

由良は静かに納刀し、ほっと肩の力を抜いた。

「すまぬ。わしのほうがおぬしを信用せねばならぬのに、莫迦なことをした」

「あんたはさっき、どんなことをしてでも、おさだを守る決意を固めたと、そう言ったな」

「ああ、言った。守るべき者の命を、この手で断ったのだ」

「どうして、そんなことを」

「おさだに頼まれた。首を絞めて殺してほしいと」

「どういうことだ」

「おさだは言った。もはや、自分たちだけで臼井内記を討つことは難しい。信頼のおける町方の役人を巻きこむべきだと主張した。つまりは、おまえさんだ。臼井内記の遣り口で殺してほしいと、おさだはわしに泣いて頼んだ。自分が死ねば、下手人捜しがはじまる。骨のある役人なら、かならずや、臼井内記にたどりつく」

おさだは身を犠牲にしてでも、臼井内記の悪事が露見する端緒《たんしょ》を与えたかったのだ。

「無論、わしは納得できなかった。一笑に付したさ。百歩譲って臼井内記の罪があきらかになっても、町方の手で大名家の重臣を裁くことはできぬ。だいいち、それほど骨のある十手持ちがいるとはおもえぬ。そうやって突っぱねたら、おさだはひとりだけやってくれそうな同心がいると言った。おぬしだ。南町奉行所の定町廻り、八尾半四郎ならやってくれるかもしれぬと、確信を込めて言ったのだ」

由良は漆黒《しっこく》の空を仰ぎ、悲しげに笑う。

「ふっ、いろいろ調べさせてもらった。おぬしは不思議な男だ。まず、誰からも袖の下を取ろうとせぬ。それゆえ、上役からは奇異な目で見られ、同僚や岡っ引きどもからは胡散臭いやつだとおもわれている。そのかわり、悪党には一目置かれていて、狙った獲物は外さない。南北の町奉行所を眺めわたしても、おぬしほど骨のある十手持ちはおらなんだ。おさだの言うとおり、おぬしなら、われわれの望みを託してもいい。次第にわしは、そう考えるようになった」

「買いかぶるんじゃねえ」

半四郎はむかっ腹が立ち、激昂《げっこう》してみせる。

「十手持ちを巻きこむために、人ひとり殺しただと。そんなはなしが通用するかってんだ」

「怒る気持ちはわかる」

由良は、あくまでも冷静な口調でつづけた。

「されど、これはおさだの望んだことなのだ。おまえさんは見込んだ以上の廻り方だった。それを証拠に、臼井内記や房州屋の悪事をあばいてみせたではないか」

「あばいちゃいねえ。筋を描いただけだ」

「同じことさ。やつらは、八尾半四郎の獲物になった。それこそ、おさだが望んでいたことだ。命を賭けてな」

由良は数日前から、密かに半四郎を見張っていた。

「敵も、おぬしの動きに勘づいていた。まさか、梶岡琢磨がみずから乗りだしてくるとはおもわなんだが。ふふ、あやつを葬《ほうむ》ったおかげで、ずいぶんやりやすくなった」

「どうする気だ」

「梶岡が消えたとなれば、やつらの尻にも火がつく。臼井内記と房州屋はさっそく茶屋で会い、策を練ろうとするだろう。そこへ踏みこむ」

「あんまり良い策とはおもえねえな」

「こうなったら、一か八かの勝負に出るしかない。そこで、おぬしには立会人になってほしいのだ。まんがいちのときは、骨を拾ってくれ」

由良は舟底に両手をつき、必死の形相《ぎょうそう》で懇願した。

任せておけと、容易く返事のできることではない。

こいつらは復讐の虜《とりこ》と化し、自分を見失っている。

何らかの方策を練らねばならぬと、半四郎は考えた。

だが、いくら考えても妙案は得られそうになかった。

十四

翌晩。

由良主水之介は、たったひとりで行動を起こした。

のちに、文政《ぶんせい》十年（一八二七）師走の惨劇と呼称される出来事は、油売りが柳橋の『雪花亭』を訪ねたところからはじまる。

勝手口に油売りを招いた女中頭は、いつもとちがう男だとおもったが、さして気にもとめなかった。

油売りの正体は、由良にほかならない。

仕事は各部屋の行灯を調べ、油皿に油を注ぎたしていく。

油注ぎの様子を見掛けた手代や膳運びの下女たちも、不審にはおもわなかった。

ちょうどそのころ、二階の奥座敷では、臼井内記と房州屋治右衛門が悪だくみの相談をしていた。

用人たちは影もなく、芸者数人だけが侍り、一見すると無防備のようであったが、隣部屋には異様なまでの殺気が張りつめていた。腕自慢の用人たちが刺客《しかく》を返り討ちにしようと、手ぐすねを引いて待ちかまえていたのだ。

梶岡琢磨が行方知れずになってからというもの、臼井は用人の数を増やし、外出時には厳重な警戒を怠《おこた》らなかった。じつは、今宵《こよい》の会合も刺客を呼びこむ罠であったが、それを知ってか知らずか、油売りに身を窶した由良は大階段から二階へのぼっていった。

大刀は帯びておらず、小脇には油壺を抱え、背中には脇差を隠している。

正面から挑めば不利なので、相手の不意を衝《つ》くしかないと考えていた。

二階へたどりついた由良に躊躇《ちゅうちょ》はない。

部屋のまえに近づくや、廊下に大量の油を流した。

「ふん」

意を決し、威勢よく襖障子を開いた。

大広間はがらんとしており、誰ひとり関心を向ける者はいなかった。

少なくとも刺客とはおもわず、幇間《ほうかん》か何かと勘違いしたようだった。

由良は誰何《すいか》もされず、背中に隠した脇差を抜いた。

「悪党ども、覚悟せい」

からんと、鞘《さや》を抛る。

白刃《ひらめ》が閃いた途端、芸者たちが悲鳴をあげた。

「きゃああ」

すわっ、くせもの。

隣部屋から廊下へ、用人どもが飛びだしてきた。

飛びだしたそばから、油で足を滑らせる。

一方、由良は仇敵《きゆうてき》を睨み、畳を走りぬけた。

「お覚悟」

上座の臼井内記めがけ、前のめりに斬りつける。

臼井は咄嗟《とっさ》に房州屋の腕を取り、どんと背中を蹴った。

「ひぇっ」

倒れこんできた商人の顔は、恐怖に歪《ゆが》んでいる。

由良は斜めに躱しつつ、房州屋の脾腹《ひばら》を掻いた。

「のげっ」

白目を剝いた商人を尻目に、血濡れた刃を突きだす。

「死ね」

臼井は背後の刀掛けに手を伸ばし、大刀を鞘ごと摑んでいた。

「下郎め」

びゅんと、刃風が唸った。

抜き際の一刀が、由良の右小手を落とす。

「ぐはっ」

脇差を握った利き手が、真っ赤な畳に転がった。

それでも、由良はあきらめない。

残った左手で、仇敵の襟を摑もうとする。

「寄るな」

臼井は叫び、下段から二撃目を薙《な》ぎあげた。

「ぬかっ」

刹那《せつな》、左腕も肘から飛ばされた。

「ふわあああ」

由良は両手を失い、獣《けもの》のように咆吼《ほうこう》する。

だが、それでもあきらめなかった。

前歯を剝き、臼井の首筋に嚙《か》みついたのだ。

「うぎ……ぎぎ」

縺れあうように倒れこんでも、由良は歯を立てたまま離れない。

凄まじいまでの執念だった。

そのとき、油まみれの用人どもが部屋へなだれこんできた。

誰もが仰天し、ことばを失った。

両手を失った刺客が主人の首に喰《くら》いついている。

用人たちにしてみれば、悪夢としか言いようのない光景だった。

「ぐひぇええ」

臼井は泡を吹きながら、両手両足をばたつかせた。

我に返った用人どもが駆けより、どうにか両者を引きはなす。

刺客の由良はすでに事切れていたが、臼井の肉片を食いちぎっていた。しかし、無念にも致命傷とはならず、臼井は生きながらえてしまったのである。

この夜の惨劇は、正気を失った浪人の巻きおこした狼藉《ろうぜき》として扱われ、厳重に箝口令《かんこうれい》が敷かれたが、噂は奉公人たちの口から少しずつひろまり、数日もすると、市中の露地裏でも囁かれるようになった。

ただし、暮れの忙しさに紛れて、人々の記憶からはすぐに忘れさられ、新しい年を迎えるころには、江戸雀《えどすずめ》たちの口の端にのぼることもなくなった。

臼井内記は順調に快復し、あいかわらず佐倉藩江戸留守居役の座にあった。

一方、房州屋の暖簾《のれん》は臼井の意向で番頭が継ぎ、御用達の鑑札《かんさつ》を握ったままでいる。

いっとき鳴りをひそめたかに見えた偽炭の卸し売りも再開され、世の中は何事もなかったかのように動きはじめた。

十五

文政十一年、正月四日。

冬日和《ふゆびより》の穏やかな午後、黒紋付《くろもんつき》に身を包んだ八尾半四郎は、あやめ河岸にある佐倉藩藩邸の正門を潜った。

暮れより臼井内記への目通りを希望し、特別に許されていたのだ。

表向きは病気見舞いということになっている。あらかじめ来訪の刻限を報せてあったので、門番に誰何もされず、用人の出迎えまで受けた。

玄関から長い廊下を渡り、中庭を愛《め》でながら進む。

白銀に覆われた庭の片隅には、ひと株の千両《せんりよう》が赤い実を結び、鮮烈な光彩を放っていた。

招じられた八畳間には火鉢もなく、床の間に花一輪生けてあるわけでもない。

庭の千両を生けてくれれば目に嬉しいのに、などと胸につぶやきつつ、寒々とした部屋でしばらく待ちつづける。

やがて、水墨で竹林の描かれた襖が開き、臼井内記が用人ひとりを従えて登場した。

髪に霜の混じった痘痕面、首に巻かれた晒しが生々しい。放っておけば蛆《うじ》がわくほどの傷と聞いたが、傷跡には怨念《おんねん》の込められた由良主水之介の歯形が残っていることだろう。

臼井は少し辛そうに座り、片手を脇息《きょうそく》にもたれた。

用人は丸い手焙りを持ちこみ、臼井の脇に置く。

赤々と燃える炭は、よもや偽炭ではあるまい。

「そちか、わしに用があるというのは」

臼井は嗄《しゃが》れた声を発し、軽く空咳《からぜき》を放った。

半四郎は平伏し、頭を下げたまま応じた。

「本日はお目通りをお許しいただき、望外の幸せにございます」

「面をあげよ」

「は」

「ふうむ。なかなかの面構えじゃ。おぬし、雪花亭の一件を内々に始末してくれたそうじゃの」

「は。余計な噂が立ちませぬよう、奉公人どもの口に蓋をし、瓦版屋《かわらばんや》などにも厳しく通達しておきました」

「おかげで、事が大きゅうならずに済んだわ。ふふ、感謝しておる。姓名は何と申したかな」

「八尾半四郎にございます」

「ふむ。して、本日は梶岡琢磨のことではなしがあるとか」

「さようにござります。ご用人頭の梶岡さまは、師走二十六日の夜以来、行方知れずとなっておられる。そう、お聞きしたものですから」

「よもや、生きてはおるまい。それとなく町方にあたらせ、梶岡の遺体を捜させておるところじゃ」

「吉報にござる。梶岡さまは生きておられます」

「おっ。そ、そうか」

臼井は喜ぶというよりも、驚きと不安の入りまじった表情をしてみせた。

「得体の知れぬ刺客に襲われ、瀕死《ひんし》の深手を負ったものの、並外れた生命力で生きぬき、うわごとで由々しき一大事を漏らされました」

「由々しき一大事とな」

「はい。本日は是非ともそれをお聞きいただこうと、馳《は》せ参じました次第」

白い眉をひそめる臼井の反応を、半四郎はじっくり楽しむ。

黙って薄笑いを浮かべていると、留守居役は焦れた。

「早う申さぬか。梶岡は何を漏らしたのじゃ」

「なれば、申しあげましょう。今は亡き房州屋治右衛門とともに、臼井さまが企《くわだ》てられた悪事の数々、ことに偽炭を不正に卸して膨大な利益を得ておられましたな。何年にもわたり、儲けをまるごと懐中へ入れておられた。むふふ、臼井さまは今や、大身旗本さえも凌《しの》ぐ大富豪でいらっしゃるとか」

「何じゃと。戯れ言を抜かすな」

臼井は頬をひきつらせ、脇息から腕を持ちあげる。

「ふは、ふはは」

半四郎は豪快に嗤《わら》い、膝で躙りよった。

「臼井さま、ご安心を。悪事の秘密を知るのは、拙者ひとりにござります。梶岡さまの身柄も、拙者の目配りの利くところに匿《かくま》ってござる」

臼井は黙りこみ、半四郎の眸子を覗きこむ。

こちらの真意を、懸命に探っているようだ。

「不浄役人め、望みは金か」

「御意《ぎょい》。それ以外にはありますまい」

「いくらだ」

「口止め料として百両。今ここで頂戴したい。それ以外に、月の手当を少々、それで手打ちといたしましょう。今後とも何か不測の事態が勃こった際は、拙者が力になりましょう。いかがです。ご損のないはなしだとおもいますが」

「ふん、なるほど」

臼井は頭のなかで算盤《そろばん》を弾き、帳尻《ちようじり》を合わせようとする。

「八尾半四郎とやら、大名家の重臣を愚弄《ぐろう》した罪は重いぞ。不浄役人のおぬしをこの場で斬っても、咎める者とておるまい。どうじゃ」

「ふん、まどろっこしい。問うまえに、斬っておしまいなされ。されど、備えもなく単身で虎口《ここう》へ踏みこむほど、拙者も愚か者ではござらぬ。拙者を斬るより、生かすほうが利口かと存じまするが」

「ならば、聞こう。かりに、おぬしの申すような不正があったとしても、町方のおぬしらにわしを裁くことはできまい」

「できませんな。ただし、噂をひろめることは容易です。臼井さまの珍妙な癖のはなしなどは、瓦版屋の飛びつく恰好のネタとなりましょう」

「珍妙な癖とは何じゃ」

「言わせますか。拙者の口から」

半四郎は薄く笑い、抑揚《よくよう》のない調子でつづける。

「褥で妙適に達すると、敵娼の首を絞めあげる。そうやって殺めた芸者が、拙者の知るかぎり三人おります。拙者がその気になれば、臼井さまは人殺しの罪にも問われましょうな」

「証拠は。証拠はあるのか」

臼井は我を忘れ、声をひっくり返す。

半四郎は落ちつきはらい、唇《くち》もとに笑みすら浮かべていた。

「まあ、落ちついてくだされ。それもこれも、すべて梶岡さまの口から漏れたことにござります。裏付けを取りましたところ、芸者三人が殺められた日付も場所もぴたり一致いたしました。もはや、臼井さまが芸者殺しの下手人であることは明々白々、こればかりは動かしがたい真実にござる。されど、それを知るのも拙者のみ」

「ふうむ」

「この場で口止め料を頂戴できれば、すべて墓場まで携《たずさ》えてまいりましょう。ここまで申しあげても、まだお悩みでござるか」

「小賢《こざか》しいやつめ」

臼井が顎をしゃくると、用人は消えた。

そして、黄金の餅《もち》を袱紗《ふくさ》に包んで携えてきた。

臼井は苦虫《にがむし》を嚙みつぶしたような顔で、それを受けとった。

「百両でよいのだな」

「よろしゅうございます」

「ほれ」

臼井が袱紗ごと抛ると、紙で包んだ「餅」が五つばかり畳に転がりでる。

「それ以上の要求をしたら、ただではおかぬぞ。どうした、拾わぬか」

半四郎はこきっと首を鳴らし、裾をからげて片膝立ちになった。

「莫迦たれ、金を抛るんじゃねえ」

「な、何じゃと」

「悪党め、てめえなんざ、生きてる価値もねえぜ」

半四郎は餅を拾いあつめ、懐中へ入れるかとおもいきや、襖が震えるほどの大声で怒鳴りあげた。

「おのおのがた、出ませい」

刹那、ばたばたと襖が開き、物々しい装束の番士たちが飛びこんできた。

臼井は仰けぞり、顎を震わせている。

半四郎は立ちあがり、凜然《りんぜん》と発した。

「証拠はこれに。石橋《いしばし》さま、どうぞお納めを」

「よし」

後ろに控える人物が一歩踏みだし、朗々《ろうろう》と名乗った。

「佐倉藩目付、石橋左内《さない》である。臼井内記、数々の悪事、見逃しがたきものなり。ものども、こやつを捕縛《ほばく》せよ」

「ま、待て。待たぬか。石橋よ、おぬし、不浄役人の戯れ言を真に受けるのか。おかしいであろう。わしは佐倉藩の江戸留守居役ぞ」

「偉そうに抜かすでない。恥さらしめ。南町奉行筒井紀伊守《つついきいのかみ》さまより、内々の御達しがあった。偽炭卸しの証拠は、すでに摑んでおる。ただし、殺しの確かな証しが得られぬゆえ、八尾どのが命懸けの芝居を打ったのじゃ」

「命懸けとは、どういうことだ」

狼狽《うろた》えながらも、臼井は必死に問いかける。

石橋は眸子を潤ませ、半四郎にうなずいた。

「八尾どのはな、おぬしがしらをきりとおしたら、お腹を召されるお覚悟であった。見よ、黒紋付のしたたには白装束を纏っておられる。わが藩と何ら関わりのない町方の役人が、ここまでやってくれたのだ。それもこれも、世にはびこる悪事不正を根絶せんがため。正義をおこなうのに、身分の軽重など関わりないわ。拙者は、八尾どのの気骨に心打たれた。それだけではないぞ。おぬしのやった不正がご公儀のしかるべき筋に知れたら、わが殿もご無事では済まされぬ。佐倉藩の浮沈にも関わってこよう。それゆえ、筒井紀伊守さまは格別の配慮をおしめしになり、本件はいっさい与《あずか》り知らぬこととなされたのじゃ。おぬしに申しひらきの余地はない。神妙にいたせ」

「ういっ」

臼井内記は後ろ手に縛られ、がっくりうなだれた。

半四郎は力を抜き、ほうっと安堵《あんど》の溜息を吐いた。

「骨は拾ったぜ」

誰にともなくつぶやき、毅然《きぜん》と胸を張って部屋を出た。

十六

正月七日、朝。曇天《どんてん》。

庭に植えた寒椿《かんつばき》が寒そうに震えている。

半四郎は門松《かどまつ》を抜き、注連縄《しめなわ》などの縁起物とともに焚《た》き捨てた。

行商から買った薺《なずな》はぺんぺん草とも称し、七草粥《ななくさがゆ》に入れて食す。

「七草なずな、唐土《とうど》の鳥が日本の土地へ渡らぬさきに……」

菜美が可憐な声で唱えながら、俎板《まないた》に乗せた薺を庖丁《ほうちょう》で叩いている。

歌にある「唐土の鳥」とは、人の魂《たましい》を食べにくる姑獲鳥《うぶめ》のことらしい。

魂の代わりに爪を食べさせるべく、この日は暮れから伸ばした爪を切り、軒下に捨てる。この七草爪なる習慣を、八丁堀の同心たちは律儀に守っていた。

獄門台《ごくもんだい》へ送った悪党は数知れず、人の生死を決める役目に従事しているためか、信心深い者が多い。信心深いわりには袖の下を平然と貰い、小さな悪事を見逃してやる。それは同心の器量だとうそぶく輩《やから》もいるが、半四郎はそうした連中とは一線を画していた。

融通の利かぬ堅物と毛嫌いする向きもある。

妙な一件に関わってしまったのは、そうした性分ゆえなのか。

女代書屋のほとけが微笑んでいなければ、ここまで深入りはしなかった。

半四郎は焚き火に手を翳しながら、すでに何度となく読みかえした懸想文の文面をおもいおこした。

——初雪の降りし朝、御身が雪猫をおつくりくださりしこと、雪のごとき白無垢を着せてやりたしとお笑いになったあのお顔、いずれも忘れがたきものにてござそうろう。数々のよしなしごとでさえも、おもいだすだに愛おしかり。ああ、お逢いしたい、一刻も早くお逢いしたいと、耐えがたきおもいは募るばかり。どうか、どうか、いま少し再会のときをお待ちいただけますよう。ふたりのおもいが成就することを祈りつつ。かしこ、さだ吉。

あの文はおそらく、おきたと名を変えたおさだが、あの世に逝った父親に向けて綴った文にちがいない。

幼いころ、雪猫をつくってもらった思い出がよほど印象深かったのだろう。

そして、できれば、無念にも牢死を遂げた父に、白無垢の晴れ姿を見せてやりたかった。

諸々のことを悔いながらおもいつめ、芸者に頼まれた懸想文を綴るべきところ、気づいてみれば、おもいのたけを書きつらねていたのではあるまいか。それとともに、あの文は、おのが命と交換に大願成就の望みを託す手管でもあった。

託されたのは、誰あろう、半四郎だった。

文に書かれた「さだ吉」という名をたどり、悪事のからくりを知ったのだ。

真相に行きあたるべく、最初から仕組まれていたのかもしれない。

かならずや願いは叶うと信じ、不幸なおさだは安堵したような笑みを浮かべて死んでいった。

好きあった由良主水之介に首を絞められ、この世に未練なく去ることができる。

あの世で父に再会することが、おさだにとっては唯一の望みであった。

あるいは、相手がどのような悪党であれ、他人様を裁く以上、みずからも裁きを受けねばならぬと考えたのかもしれない。

昨夕、油売りの蓑吉が、ひょっこり訪ねてきた。

六部《りくぶ》の装束に身を固め、首から骨箱をさげていた。

おさだと由良主水之介の骨を納めた骨箱で、全国六十六ヶ所の霊場に法華経《ほけきよう》を奉納する旅に出るのだと言う。

「生きているかぎり、恩のあるみなさまの供養《くよう》をしなければなりません」

容易なことでは死ねぬと、蓑吉は言った。

纏った白い綿入れの背中には「御構《おかま》ひこれなく候《そうろう》」と書かれていた。

行き倒れ覚悟の巡礼旅《じゆんれいたび》に出る蓑吉が、哀れにおもわれて仕方なかった。

半四郎はわずかばかりの路銀とともに、おさだの文を手渡してやった。

蓑吉は涙で頰を濡らし、文を胸に掻き抱いた。

六部となった蓑吉が背負わねばならぬ業《ごう》の深さは、はかりしれない。

むしろ、死んでいった者たちの気楽さに、半四郎はおもいを馳せた。

「……七草なずな、唐土の鳥が日本の土地へ渡らぬさきに」

耳をかたむければ、菜美の透きとおった歌声が聞こえてくる。

表口の脇には、抜いた門松の代わりに、雪猫が置いてあった。

さきほど、菜美とふたりで雪を固め、丁寧《ていねい》に作ったものだ。

「なぜ、猫なのでしょう」

理由を問われ、おさだのことを教えてやった。

菜美は感じ入った様子で、雪猫の頭に寒椿を飾った。

そして、露地裏でみつけた藪柑子《やぶこうじ》の実を目と鼻に付けたのだ。

「菜美よ、すまなんだな」

半四郎は迷ったすえに、懐中から雪乃に貰った文を取りだした。

――わたくしは自分の決めた道を進みます。半四郎さまもご自分で信じる道をお進みください。

何度も読みかえした文面に目を通し、焚き火のなかへ抛ってやる。

ほっと、白い息が漏れた。

灰になりゆく恋情を惜しむかのように、鉛色の空から白いものがちらちら舞いおりてきた。

桐生《きりゅう》の花

一

街道は雪に覆われていたが、小川のほとりには福寿草《ふくじゅそう》が咲いていた。

雪解けにはまだほど遠いものの、春の足音は確実に近づいている。

ここは中山道《なかせんどう》の板鼻宿《いたはなしゅく》から高崎《たかさき》城下へ向かう途中、緩い下り坂が続いている。

「江戸まで、あと四日」

紺《こん》の打裂羽織《ぶっさきばおり》に両刀の閂差《かんぬきざ》し、侍装束《さむらいしょうぞく》の楢林雪乃は編笠《あみがさ》をかたむけ、広がる蒼穹《そうきゅう》を見上げた。

一年余りにおよんだ廻国修行ののち、江戸へ舞いもどろうとおもいたったのは、胸を患った父を案じてのことだ。

「長の暇《いとま》を、お許しください」

父の兵庫《ひょうご》は江戸で町道場を営んでいたが、それは表向きのことで、徒目付《かちめつけ》として数々の隠密御用に携わった。雪乃は幼くして母を失ったあと、父に厳しく剣を仕込まれた。おかげで、いくつかの名高い流派の目録を許された。加賀藩邸《かがはんてい》の奥向きで薙刀《なぎなた》を指南したこともあったし、弓の腕前に関しては「鳥落とし」の異名をとった父をも凌駕《りょうが》するほどだった。

修得したのは武術だけではない。茶の湯や生け花や琴書《きんしょ》など、およそ良家の娘が嗜《たしな》むべき素養は身につけた。それもこれも父を手伝い、隠密御用をまっとうするための手管《てくだ》にほかならず、廻国修行の旅に出る直前まで南町奉行直属の隠密として暗躍していた。

難しい役目が嫌になったわけではない。命懸けの役目にやり甲斐《がい》をおぼえていた。しかし、あらゆることが面倒になり、心身ともにほとほと疲れはて、一刻も早く江戸から逃げだしたかった。

まずは、東海道《とうかいどう》を一路京《きょう》へ向かい、京から北国街道《ほっこくかいどう》をたどって加賀へ、北陸《ほくりく》と越後《えちご》を経巡《へめぐ》り、三国街道《みくにかいどう》から中山道に出て、難所の碓氷峠《うすいとうげ》を越えた。長い旅の途上、剣豪との申し合いをかさね、数々の修羅場《しゅらば》をくぐってきた。

窶《やつ》れた父の面影とともに頭に浮かぶのは、眩《まぶ》しげに笑う八尾半四郎の顔だ。生まれてからこのかた、あれほど他人に好かれたことはあるまい。

「半四郎さま」

おもわず名を呼び、雪乃は頬を赤らめた。

いっときは心を許したこともあったが、やはり、自分はどう考えても同心の嫁には不向きだとおもった。人には生まれながら、向き不向きがある。雪乃は自分が女に生まれたことを、何度となく恨めしいとおもった。

今は、そうした心の迷いもない。頼る者とてない厳しい武者修行の旅を経て、雪乃はまえにもまして強く、逞《たくま》しくなっていた。

——ぴゅるるる。

高みで、鳶《とんび》が鳴いている。

不吉な兆しであるかのように、雪起こしの黒雲が流れてきた。

道の先を見やれば、人相風体の卑《いや》しい男ふたりが端から端へ横切ろうとしている。

向かいあう恰好で前後になり、何かを抱えていた。

「あっ」

女だ。紅色の袖が揺れている。

山賊《さんぞく》が娘をさらったのだ。

雪乃は合点するよりも早く、牝鹿《めじか》のように駆けていた。

「待て、待たぬか」

鋭く叫ぶや、男たちは足を止めた。

筒袖《つつそで》に獣の皮を纏《まと》い、腰帯には長脇差《ながわきざし》と鉈《なた》を差している。

こちらを見下ろし、身を強張《こわば》らせているものの、逃げようとはしない。

獲物になるかどうかを見定めつつ、じっくり様子を窺っているのだ。

雪乃は坂道を駆けあがり、頂きにたどりついた。

息の乱れはない。

「おぬしら、山賊か」

「だったら、どうする。ふん、邪魔だていたすな」

雪乃は覚悟を決め、編笠をはぐりとった。

茶筅髷《ちゃせんまげ》に結ってはいるが、白い肌と可憐な面貌《めんぼう》は隠すべくもない。

「おっ」

山賊どもは驚くとともに、目に好奇の色を浮かべた。

「うほほ、おなごかよ」

下卑《げび》た笑いを浮かべる連中は、江戸や京洛《きょうらく》ではついぞ見掛けなくなった野武士《のぶせり》のたぐいであった。

ふたりとも、頬と顎にびっしり髭《ひげ》を生やしている。

熊《くま》のようだなと、雪乃はおもった。

「おい、おなご。何で刀を差しておる。おぬし、女剣士か」

「こたえても詮無《せんな》いこと。その娘を放しておやりなさい」

「おほ、わしらに指図しおった。人殺しも朝飯前のわしらにのう」

「ぬへへ、たいした度胸じゃ」

ふたりはたがいに顔を見合わせ、肩を揺すって笑う。

「わしはな、気の強いおなごが好きじゃ」

「わしもさ。鮎《あゆ》のようにぴちぴちしたおなごが欲しいのう」

ふたりは「そうれ」と掛け声を発し、抱えた娘を雪のうえに放りなげた。

「ひゃっ」

娘は短い悲鳴をあげる。

どうやら、まだ生きる望みを捨てていないらしい。

眸子《まなこ》を裂けんばかりに瞠《みは》り、事のなりゆきに固唾《かたず》を呑んでいる。

光沢のある絹を纏《まと》っているので、かなり裕福な商家の娘であろう。

齢《とし》は十五か六、ひとりで旅をする齢ではない。

連れはどうしたのだろうか。

雪乃は、周囲に目を配る。

それらしき屍骸《むくろ》はない。

「おい、抜いてみるか」

山賊のひとりが、ずらりと刀を抜いた。

幅の広い斬馬刀《ざんばとう》のような刀だ。

どうだと言わんばかりに、脅しを掛ける。

雪乃は、翳《かざ》された刀の先端に目を留めた。

血曇《ちぐも》りだ。まだ新しい。

「おぬし、娘の連れを斬ったな」

「へへ、あたりめえだろう。胴をまっぷたつにしてやったさ」

「下郎め」

「何だって。もういっぺん言ってみな」

山賊はそう言い、ふざけ半分に耳を近づけてくる。
刹那《せつな》、雪乃は動いた。
瞬時に、間合いを詰める。
――ひゅん。
刃風が唸った。
「うっ」
男が発した。
雪乃の刀は、すでに鞘の内にある。
つぎの瞬間、男の耳がぽそっと落ちた。
「ひっ、ひゃああ」
雪上は真っ赤な血で染まる。
悲鳴をあげる男の隣で、もうひとりは狐《きつね》につままれたような顔になった。
それでも、白刃を鞘走らせる。
「ふん」
またもや、雪乃の刃が閃いた。
男の小手《こて》がすっぱり断たれ、粗朶《そだ》のように転がる。

「くぇえぇ」

男は血を撒きちらし、這うように逃げていった。

「おい、忘れ物だ」

雪乃は顔色も変えず、耳を失った山賊に声を掛ける。

山賊は仲間の右手を拾い、小脇の杣道《そまみち》へ逃げこんだ。

血振りを済ませ、娘のほうへ近づいていく。

「大丈夫、怪我はないの」

「は、はい……あ、ありがとうございます」

娘は子兎《こうさぎ》のように震えながら、懸命に雪乃を拝んだ。

二

午後の陽光が雪上を照らし、眩しすぎて目もあけていられない。

娘は恥ずかしそうに、きぬと名乗った。

年は十五、桐生の愛宕屋《あたごや》という絹糸問屋の娘だった。

高崎までの道中は泣きじゃくったり、追手は来ないかと後ろをやたらに気にしたりしていたが、城下にはいると、ようやく落ちつきをとりもどした。

街道を振りかえれば、赤城《あかぎ》、榛名《はるな》、妙義《みようぎ》といった上毛《じようもう》三山の稜線《りようせん》がくっきり見える。

高崎は大河内《おおこうち》家《け》八万石の城下町、小江戸と呼ばれるほど街並みが整っており、本町《もとまち》や田町《たまち》や新町《しんまち》といった城下の中心には、越後屋をはじめとして近江《おうみ》商人たちの出店がずらりと軒を並べていた。

商いの中心は、上州《じようしゆう》一円から集まってくる絹だ。

毎日、どこかしらで絹市が立っている。

だが、城下の賑わいも心躍らされるものではない。

雪乃は道中で、山賊に斬られた屍骸を見つけていた。

「あれは、清七《せいしち》という手代です」

おきぬは、ぽつんと漏らす。

齢は十六、役者顔の優男《やさおとこ》だった。

「じつは、ふたりで駆け落ちしたんです」

と聞き、雪乃は驚かされた。

おきぬは、ぺこりと頭をさげる。

「路銀すら失い、お礼のしようもございません」

「礼などいらぬ」

雪乃は胸を痛めた。

十五といえば、恋に溺《おぼ》れて自分を見失いかねない年頃だ。

ひとつ年上の駆け落ち相手が無残な死に方をしてしまい、さぞかし傷ついていることだろう。

そうおもって慰めたが、さほど悲しい様子でもない。

「清七は、わたしを好いてくれていたんです。でも、半人前の手代との仲を、おとっつぁんが許してくれるはずはない。無理だってことは、最初からわかっていた。でも、いっしょに逃げようって言われて」

その気になってしまったのだ。

「宮地芝居《みやぢしばい》で観た曽根崎心中《そねざきしんじゅう》のくだりが、ぱっと浮かんだんです」

「曽根崎心中」

「この世の名残、夜も名残、死ににゆく身をたとうれば、あだしが原の道の霜、一足ずつに消えてゆく、夢の夢こそ哀れなれ……清七が徳兵衛《とくべえ》で、わたしがお初《はつ》。好いたふたりは、この世ではけっして結ばれぬ。わたし、心中に憧《あこが》れていたみたい」

清七でなくてもよかったとまで言い、おきぬはお蚕《かいこ》ぐるみで育てられた我《わ》が儘《まま》な一面を覗かせる。

莫迦《ばか》なことをして、親を悲しませて、何をやっているのか。

雪乃は猛省を促そうとおもったが、やめておいた。

こうしたことに深く関わりたくはなかったのだ。

「言い寄られて、うっかりその気になったんです」

勢いで家を飛びだしてきたはいいが、道中は後悔ばかりが頭をめぐっていた。

「清七には申し訳ないけど、わたし、一刻も早く桐生に戻りたい」

おきぬはそう言い、泣きじゃくった。

詮方《せんかた》あるまい。

このまま放っておくわけにもいかず、雪乃は高崎城下で一夜の宿を求めたのち、翌朝早く宿を発《た》って、桐生に送りとどける約束をした。

三

高崎から桐生までは、伊勢崎《いせざき》を経由して六里足らず、女の足でも一日あればたどりつく。

夕刻、ふたりは渡良瀬川《わたらせがわ》に架かる木橋を渡った。

連なる山々の稜線は茜《あかね》に染まり、息を呑むほど美しい。

「近くの山は吾妻山《あずまやま》、向こうの山は鳴神山《なるかみやま》。そして、左手の奥に赤城山……」

おきぬは数え唄のように口ずさみながら、涙ぐんでしまう。

数日離れただけでも、懐かしくて仕方ないのだろう。

桐生の町割りは、関ヶ原《せきがはら》の戦いがあった二百年余りまえに形成されたという。

渡良瀬川と桐生川に挟まれた扇状地《せんじようち》に、天満宮《てんまんぐう》を奉じた新町が築かれ、絹織物が盛んになると徐々に拡大していった。桐生の絹を世に知らしめた出来事は、家康《いえやす》が関ヶ原の戦いにのぞむにあたって大量の幟《のぼり》を求め、無理難題な要求であったにもかかわらず、桐生の者たちが迅速《じんそく》に幟を揃えたことだった。

宿場外れの棒鼻《ぼうばな》にいたると、おきぬは深々と頭をさげた。

「もう二度と、莫迦なまねはいたしません」

そのことばを信じつつ、荷馬の繋がれた伝馬屋敷《てんまやしき》のまえを通りすぎると、馬子《まご》装束の連中が五、六人、ばらばらと駆けよってきた。

「あっ、伝兵衛《でんべえ》一家の連中だ」

おきぬは発し、雪乃の背中に身を隠す。

ひとりが、さっそく声を掛けてきた。

「愛宕屋のお嬢さまだぜ。おめえ、駆け落ちしたんだろう。清七はどうしたい。おれらはな、あの野郎に用があんだ」

別のひとりが後ろにまわり、おきぬの袖を摑もうとする。

雪乃は振りむきざま、男の手首を握り、くっと捻った。

「うえっ……は、放しやがれ……い、痛え」

ぱっと手を放すと、男は尻餅《しりもち》をついた。

仲間はひろがり、懐中《かいちゅう》に手を突っこむ。

匕首《あいくち》を呑んでいるのだろう。

蟷螂顔《かまきりがお》の男が、一歩前へ出る。

「姐《ねえ》さん、あんた誰だい。女だてらに両刀差しとはな」

「旅の者だ。娘を実家へ送りとどける。それが済んだら、この町に用はない」

「へへ、女のひとり旅は危ねえぜ。ことに、この桐生じゃな。おれたち伝兵衛一家を敵にまわさねえほうがいい」

「そっちが危害をくわえねば、事をかまえる気はない」

「あんたに用はねえ。おきぬを連れて逃げた清七って野郎が、百両もの大金を盗んで逃げたのよ。その百両は榛名屋惣左衛門《はるなやそうざえもん》という立派なお方が桐生絹を売って稼いだ代金でな、お蚕さまから頂戴したありがてえ恵みなんだ。へへ、わかったろう。清七の居所を喋《しゃべ》んな」

黙していると、相手は激昂《げっこう》する。

「おう。おきぬを連れて逃げた野郎は、盗人《ぬすっと》なんだぜ」

「嘘です」

おきぬが背中から飛びだし、毅然《きぜん》と言いはなつ。

「清七が榛名屋さんのお金を盗《と》っただなんて、嘘にきまっています」

「証拠はあがってんだ。清七が帳場に忍んだところを目にした者がいるんだよ。へへ、こんどばかりは、頭の固《かて》えおめえの親父も進退窮《しんたいきわ》まったってやつだ。奉公人の不始末は主人の不始末だろうが。清七を出せねえってなら、親父の徳三郎《とくさぶろう》に泣いてもらうしかねえ。さあ、居場所を教えろ。あの莫迦をどこに隠しやがった」

雪乃は溜息を吐き、ぽつりと漏らす。

「清七は死んだ。山賊に斬られてね」

睨みつけてやると、破落戸《ごろつき》どもは顔を見合わせた。

「あいつ、死んじまったのか」

雪乃はおきぬを導き、ともに歩きだす。

「さあ、そこを退きなさい」

「そうは烏賊《いか》の何とやらだ。ここからさきは天領だぜ。よそ者をすんなり通すわけにゃいかねえ」

「どうする気です」

「裸にして調べるのさ。ぬへへ、怪しいものを持ちこまねえようにな」

「冗談じゃない」

「おっと、石倉勘解由《いしくらかげゆ》さまに逆らう気か」

「石倉勘解由」

「八州《はっしゅう》さまだよ。鬼より怖《こえ》えおひとさ。つべこべ言わず、こっちへ来な」

腕を取ろうとする男の鼻面を、ひゅんと刃風が舐《な》めた。

雪乃が目にも留まらぬ捷《はや》さで、腰の刀を抜いたのだ。

すちゃっと、鍔鳴《つばな》りがする。

男の髷が、ぱらりと落ちた。

「ひょええ」

男の髷が飛ばされたのに気づき、馬子どもは一目散《いちもくさん》に逃げていく。

「さすが、雪乃さま」

おきぬは、うっとりした目でみつめる。

「さあ、まいろう」

暮れなずむ絹糸の産地へ、雪乃は足を踏みいれた。

四

愛宕屋は絹糸問屋の肝煎《きもい》りを任された大店《おおだな》で、立派な構えの建物は市中の目抜き通りに面している。

敷居をまたぐと、奉公人たちが一斉に騒ぎだした。

「お嬢さま、お嬢さまが帰ってこられたぞ」

奥からあらわれた父の徳三郎は、上り端で仁王立《におうだ》ちになった。

まるで、鬼のようだ。

「勝手なことをしくさって。おめえなんぞの帰るところはねえ」

唾を飛ばして怒鳴りつけ、さっさと奥へ引っこんでしまう。

後ろに控えていた母親のおみきが足袋《たび》のまま三和土《たたき》に下り、娘をきつく抱きしめた。

「おきぬ、帰ってきてくれたんだね。待っていたんだよ。おとっつぁんも昨日から一睡もせず、おまえのことをお待ちになっていたんだ」

「おっかさん」

おきぬは我慢できず、堰《せき》を切ったように泣きだす。

すっかり老けこんだ顔の母親は、ようやくこちらに気づいた。

おきぬが身を離し、しっかりとした口調で紹介する。

「こちらは楢林雪乃さま。わたしを山賊から救ってくださったの」

道中であったことや棒鼻での出来事を告げると、母親は目を丸くして驚いた。

「雪乃さまはね、それはお強いんだから」

「それはそれは、何とお礼を申しあげたらよいものやら」

母親は下にもおかぬ態度になり、奥座敷へ招じてくれる。

その夜は大広間で宴《うたげ》が催され、雪乃は慣れない上座に置かれた。

「それにしても、女剣士とはおめずらしい。山賊の耳を削《そ》ぎ、小手を断ったそうですな。いや、それはすごい」

すっかり上機嫌になった徳三郎は、みずから酌《しやく》までしてくれた。

ただ、死んだ清七のはなしになると、顔を曇らせた。

「あれは見込みがありました。ずいぶん引き立ててやったのに、恩を仇《あだ》で返されたようなものです。されど、まちがっても清七は、他人様の帳場を荒らすような人間ではありません」

徳三郎は眸子を怒らせ、恨み言を吐きつづける。

「言いがかりも甚《はなは》だしい。強突張《ごうつくば》りの榛名屋は、肝煎りの地位が欲しいのです。肝煎りになれば、絹糸卸しを一手に任せてもらえます。その気になれば、いくらでも数をちょろまかして私腹を肥やすことができる。やつの狙いはそれなんです。あれこれ難癖《なんくせ》をつけ、わしを退けて後釜《あとがま》に居座り、絹糸卸しの利権を握る腹なのです」

愛宕屋は桐生の名士、榛名屋は新興成金、十手も預かる地廻りの伝兵衛は榛名屋の言いなりという構図だ。

事を荒立てればお上の心証もわるくなるので、榛名屋も伝兵衛も今まではおとなしくしていた。ところが、さきごろ、八州廻りが石倉勘解由なる腹黒い人物に替わり、自分たちの意を汲《く》んでもらえるようになった途端、強引な姿勢に転じはじめた。

破落戸や腕の立つ浪人者を雇い、陰に日向《ひなた》に脅しをかけてくる。

両者の関わりが険悪の一途をたどるなか、榛名屋のほうから、自分の跡取り息子の惣太《そうた》と娘のおきぬをいっしょにしないかと、誘いかけてきた。

「とんでもない。ふざけるな」

と、愛宕屋は言下に断った。

「惣太というのは、箸《はし》にも棒にもかからぬ放蕩者《ほうとうもの》なのです」

飲む打つ買うの三道楽煩悩《さんどらぼんのう》にうつつを抜かし、噂では女郎と浮名を流しているとも聞いた。

そんな男に、たいせつな娘をくれてやるわけにはいかない。

「だいいち、改心したところで、死ぬまで、いや、死んでからも榛名屋の跡取りでありつづけるかぎり、許すことなんぞできません」

雪乃は黙然と、主人の愚痴を聞きつづけた。

そして、夜も更けたころ、愛宕屋徳三郎は祈るように頭を垂れた。

「榴林雪乃さま、これも何かのご縁。できますれば、この桐生に数日のあいだ、ご滞在願えませぬか」

畳に両手をついて懇願《こんがん》されても、うんと気軽に応じるわけにはいかない。

「明朝、失礼いたします」

雪乃は注がれた盃を置き、丁重に断った。

五

翌朝、愛宕屋に騒ぎが起こった。

「おきぬがいない」

おろおろしているのは、母親のおみきだ。

旅支度をしていた雪乃は、廊下に人の気配を察した。

「雪乃さま、主人の徳三郎にござります」

「どうぞ、おはいりください」

「はい、すみません」

徳三郎は部屋へ飛びこんでくるなり、両手を畳についた。

「娘を、おきぬを助けてくだされ」

「いったい、どうしたのです」

「昨晩遅く、惣太を見た者がおります」

「惣太」

榛名屋の跡取りで、始末に負えない放蕩者のことだ。

「以前から、おきぬにちょっかいを出しておりました。ほかに、伝兵衛の手下もおった様子なので、ひょっとしたら榛名屋が伝兵衛に指示し、嫌がらせにやらせたのかもしれません」

「行き先の当ては」

「何とも。榛名屋に乗りこみ、質《ただ》してみぬことには」

「わかりました。まいりましょう」

「え、よろしいのですか」

「おきぬさんの身が案じられます。急ぎましょう」

「あ、ありがとう存じます」

徳三郎は畳に額を擦りつける。

さっそく、ふたりは榛名屋へ向かった。

さほど離れているわけでもない。旅籠《はたご》の並ぶ大通りの中央に、派手な屋根看板を掲げた店だ。

敷居をまたごうとする徳三郎を制し、雪乃はさらりと言ってのける。

「ご主人、手荒なまねをするやもしれません。覚悟しておいてください」

「娘が無事に戻るなら、致し方のないことでございます」

「されば」

敷居の内へ踏みこむや、奉公人たちの動きが止まった。

「おや、誰かとおもえば、愛宕屋さんじゃございませんか」

帳場から声を掛けてきたのは、三十代なかばの内儀だ。

棘《とげ》のある声で言い、雪乃に目を移す。

「ほう、そちらが噂の女剣士かい。なかなか色気のあるおひとだこと」

内儀の名はおゆう、岡場所の女郎から榛名屋惣左衛門の後添えになった女らしい。

徳三郎は口を尖らせた。

「お内儀、惣左衛門どのはおられぬか」

「何がそんなに忙しいのか、店にいたためしがないんですよ」

「されば、お内儀にお尋ねしよう。惣太どのの居場所を教えてくだされ」

「惣太がどうかしたんですか」

「うちの娘を拐《かどわ》かし、何処《どこ》かへ連れていったのだ」

「まさか」

おゆうはわざとらしく驚いてみせ、徳三郎は焦れたように吐きすてた。

「見た者がいる。わたしは娘が無事に戻ればそれでいい。惣太どののやったことを、とやかく咎めるつもりは毛頭ない」

「あの莫迦、ほとほと困った子ですよ。でも、あいにくお力にはなれません。ご自分でお捜しくださいな」

「待ってくれ。つれないことを言わず、心当たりを教えてくれ」

「だから、知らないと申しあげているんです」

尻を捲《まく》ろうとする内儀の鼻先へ、雪乃は滑るように近づいた。

「御免《ごめん》」

手首を摑み、くっと捻りあげる。

「痛っ……、な、何すんだい」

「あなたは、何もかもご存じのはずです。顔にそう書いてある。若旦那の居所を正直に教えないと、こうしますよ」

さらに捻ると、おゆうは悲鳴をあげた。

相手が女だろうと、雪乃は容赦《ようしゃ》しない。

「くそっ……は、放しやがれ」

「そうはいかない」

「お、岡場所だよ……う、梅屋《うめや》っていう見世さ」

雪乃が目顔で確かめると、徳三郎はうなずく。

手首を放した途端、おゆうは悪態を吐いた。

「おぼえてやがれ。ただじゃおかないからね」

あばずれの地金を曝《さら》した内儀を尻目に、ふたりは榛名屋を飛びだす。

向かったさきは、大通りからひとつ裏道にはいった岡場所だ。

なかでも淫靡《いんび》な雰囲気の漂う一角に『梅屋』はあった。

「ご主人は表でお待ちください」

「でも、雪乃さま」

「足手まといになります。ここからさきはお任せを」

紅暖簾《べにのれん》を振りわけると、店番の若い衆が眠そうな眸子を向ける。

「何だ、おめえ。男に化けたおなごか。ここは、おめえなんぞの来るところじゃねえ」

「客ではありません。榛名屋の若旦那はおられますか」

「若旦那に何の用だ」

「大旦那から仰せつかってまいりました」

「言伝《ことづて》なら伝えてやるぜ」

「急いで伝えねばなりません」

「奥の部屋で寝ていなさるんだよ。目を醒《さ》ましたら伝えるから、言ってみな」

「では、お耳を」

雪乃はすっと身を寄せ、若い衆の腹に当て身を食わせる。

「うぐっ」

土足のまま廊下にあがり、ひたひたと早足で進み、迷うことなく奥の部屋へ踏みこんだ。

酒器や着物が乱雑に散らかるなかに、若僧が寝惚《ねぼ》けている。

惣太だ。

半裸の女郎が蛸《たこ》のように絡みつき、ふたりで高鼾《たかいびき》を搔いていた。

肝心のおきぬはいない。

雪乃は大股で近づき、爪先で惣太の腹を突っついた。

「うっ」

目を醒ました若僧の鼻先へ、抜き身の白刃が翳される。

「ふえっ」

雪乃は静かに言った。

「榛名屋の穀潰《ごくつぶ》しだな」

「えっ、そ、そうだよ」

「愛宕屋の娘を拐かしたのか」

「し、知らねえ。いってえ、何のはなしだ」

「しらを切るのか。立派なものだ」

雪乃は白刃の先端を突きだし、惣太の頬にぐさっと刺した。

「うひっ」

「動いたら口が裂ける。娘が無事なら瞬《まばた》きをしろ」

惣太は必死に瞬きを繰りかえす。

雪乃は白刃を抜いた。

びゅっと、血が噴きだす。

惣太は痛みに耐えかね、涙を流す。

涙が傷口に沁《し》みて、さらに痛がった。

「娘に何かしたのか」

「い、いいえ」

「何処にいる」

「に、二軒隣の曖昧屋《あいまいや》……そ、その二階に」

雪乃はすっと手を伸ばし、穴のあいた頬を摘む。

「ういっ……」

血が滲《にじ》みでてきた。

「……い、痛いです」

「二度としないと約束するか」

「は、はい」

「こんどやったら、命はない」

「に、二度といたしません。でも」

「でも、何だ」

「おれの一存でやったことじゃない」

「誰かにやらされたと」

「おとっつぁんです……あ、愛宕屋を困らせてやれと言われたんだ」

「それがほんとうなら、おまえの父親はずいぶん汚い手を使うのだな」

「汚さにかけちゃ右に出るものはいません」

「親が親なら子も子」

雪乃は捨て台詞《ぜりふ》を残し、袂《たもと》をひるがえす。

廊下をわたって外に出ると、徳三郎が寒そうに待っていた。

二軒隣に目をやると、なるほど、それらしき建物はあった。

十九文見世《じゅうくもんみせ》と呼ばれる雑貨屋だ。「曖昧屋」と通称される見世の二階が、男女が密会する部屋として貸しだされている。

敷居をまたぐと、老婆が置物のように座っていた。

眠っている様子なので声も掛けず、奥の階段を駆けのぼる。

「おきぬ、おきぬ」

後ろに従う徳三郎が、必死に叫んだ。

押し入れの内から、どんどんと音が返ってくる。

襖を開けてみると、おきぬが縛られていた。

猿轡《さるぐつわ》まで嚙まされている。

縛《いまし》めを解いた途端、おきぬは父親の腕に飛びこんできた。

「おとっつぁん」

「おきぬ、無事か。よかった、ほんとうによかった」

ひしと抱きあう父娘を見て、雪乃は少し羨《うらや》ましいと感じた。

六

翌日。

朝から強風が吹き荒れ、屋根に積もった雪を巻きあげた。

愛宕屋の表口は、喧嘩《けんか》装束《しょうぞく》に身を固めた連中に囲まれている。

「徳三郎、聞いてっか。おれは伝兵衛だ。今日という今日は決着をつけてやる。ほれ、早く出てきやがれ」

狸顔《たぬきがお》の伝兵衛は八州廻りの手先でもあり、鉄十手を握っている。

徳三郎に濡《ぬ》れ衣《ぎぬ》を着せ、罪人に仕立てる腹なのだ。

一方、徳三郎は逃げもせず、堂々と胸を張って外へ出た。

雪乃も、後ろから従《つ》いていく。

小太りの伝兵衛が、手下どもを引きつれて近づいた。

「徳三郎、観念しろい。今から、おめえをしょっ引いてやるかんな」

「罪状は」

「盗人の清七を匿《かくま》った罪だ。きまってんじゃねえか。いいや、それだけじゃねえ。榛名屋の若旦那を傷つけた罪もある。若旦那はほっぺたに穴があいてな、味噌汁も呑めねえ始末さ。ふへへ、女用心棒《おんなようじんぼう》もろとも、牢へぶちこんでやるぜ」

「榛名屋の走狗《そうく》め。おぬしなんぞの言うことが聞けるか」

「だったら、力ずくでやるっきゃねえな。おい、野郎ども」

物々しい装束の手下どもは、二十人を超えていた。

ふだんは野田賭博《のでんとばく》や喧嘩に明け暮れ、八州廻りが来たときだけ役人顔をする輩《やから》だ。

なかには、力士のような巨漢もおり、大きな杵《きね》を担いでいる。

巨漢は愛宕屋の軒先までやってきて、大杵を振りあげるや、表戸を粉々にぶち壊す。

「な、何をする」

塵芥《じんかい》が濛々《もうもう》と舞うなか、徳三郎は狼狽《うろた》えた。

かたわらに控える雪乃は、あくまでも冷静だ。

巨漢を無視し、伝兵衛のもとに近づいていく。

「ぬへへ、女剣士のご登場かい。あんた、強《つえ》えらしいな」

髷を飛ばされた問屋場《といやば》の馬子にでも聞いたのだろう。

「わるいことは言わねえ。若旦那のことはちゃらにしてやるから、この町から出ていきな」

「言われなくとも、出ていくときは勝手に出ていく」

「ほっ、気の強え女だぜ。何だかんだ言っても、所詮《しょせん》は女だろう。粋がってんじゃねえぞ」

「わたしのことはどうでもよい。おぬしのやり方は許せぬ」

「ふん、下手《したて》に出てりゃいい気になりやがって。よし、こっちも切り札を出してやる。榊原《さかきばら》先生、お願いしますぜ」

狸顔の提灯持《ちょうちんも》ちは、後ろに向かって呼びかける。

のっそりあらわれたのは、牛のような体軀《たいく》の浪人だった。

「こちらは榊原兵庫之介《ひょうごのすけ》さまだ。馬庭念流《まにわねんりゅう》の達人でな、ここだけのはなし、人を何人も斬ったことがあるんだぜ」

榊原は紹介され、薄い唇もとを曲げて笑う。

「伝兵衛よ、相手は女だ。わしが出るまでもあるまい」

「ですがね、けっこう強えって聞いていますぜ」

「まずは、手下をけしかけろ。それでも埒《らち》が明かねば、わしが一刀のもとに仕留めてやる」

「承知しやした」

伝兵衛が顎をしゃくると、手下どもが一斉に散った。

「てめえら、遠慮するな。女が白刃を抜いたら、叩っ斬ってもかまわねえ」

雪乃も躊躇《ちゅうちょ》せず、白刃を抜きはなった。

手下どもの肩に、ぐっと力がはいる。

「くそっ、死にさらせ」

ひとりが長脇差を抜き、尻《しり》っ端折《ばしょ》りで駆けてきた。

雪乃はすっと身を躱し、片足をひょいと差しだす。

「うおっ」

足に引っかかった手下は、顔から落ちていった。

落ちた拍子に、自分の刀で怪我をする。

「うえっ……い、痛え」

残った連中が輪を狭めた。

「こんにゃろ、怪我すんぞ」

三方から脅しをかけられても、雪乃は動じない。

「くそあま」

左右から駆けよったふたりが、ばさっと倒れた。

瞬時に斬られたかに見えたが、死んではいない。

雪乃の太刀筋はあまりに捷すぎ、目で捉えきれないのだ。

間髪《かんはつ》を容《い》れず、三人が突きかかってきたが、こちらもあっという間に倒された。

残った手下どもは、腰が退けてしまう。

「市蔵《いちぞう》、行けい」

伝兵衛が声をひっくり返した。

大杵を持ったさきほどの巨漢が、雪乃に近づいていく。

「ぬごおお」

巨漢は大杵を振りかぶり、猛然と襲いかかった。

雪乃はすかさず反転し、相手の懐中に飛びこむ。

――ひゅん。

白刃が閃き、野太い首に引っかかった。

「うわっ」

市蔵の首が落ちた、と、誰もがおもった。
峰に返した白刃を、雪乃は黒鞘に納める。
すちゃっと、小気味よい鍔鳴りが響いた。
その瞬間、市蔵の巨体は大木のように倒れていった。
もちろん、首と胴は離れていない。気を失っただけだ。
辺りは、しんと静まりかえった。
もはや、斬りかかってくる手下はいない。
「せ、先生、榊原先生、お願いします」
伝兵衛に懇願され、榊原兵庫之介がのんびり歩を進めてきた。
「なるほど、噂どおりの力量だな。されど、わしにはかなうまい」
榊原は、ずらっと刀を抜いた。
八の字足に開いて、剣先を眉間《みけん》につける。
一見、平青眼《ひらせいがん》のようだが、馬庭念流の上段にほかならない。
なるほど、力量は本物のようだなと、雪乃は察した。
言うまでもなく、馬庭念流は上州一円を席捲《せっけん》する流派である。
受け太刀に妙味があり、対峙《たいじ》する敵を深く連れこみ、粘りづよく躱しながら、ここぞという間隙を逃さず、必殺の一撃をくわえる。いわゆる「後の先」を本旨《ほんし》とする流派のはずであったが、榊原は先手を取って仕掛けてきた。

「ぬお……っ」

上段から突きに転じ、雪道を滑るように肉薄する。

二段、三段と、鋭い突きの連続で追いこんできた。

「何の」

相手の攻撃を躱しきり、雪乃は反撃に転じた。

「いえい……っ」

胸を狙った水平斬りから、突き、突き、袈裟懸《けさが》けと、矢継早《やつぎばや》に技を繰りだす。

榊原も見事な受け技ですべての太刀を躱しきり、すっと間合いから離れていった。

「ふふ、なかなかやりおる。この調子だと日が暮れそうだな」

痩《こ》けた頬に薄笑いを浮かべ、榊原は素早く納刀した。

「今日のところは勝負を預けよう」

「承知」

雪乃も納得し、白刃を納めた。

おさまらないのは、伝兵衛だ。

「おい、何してやがる。勝負はついてねえぞ」

「わるいが、勝負はお預けだ」

「先生、そりゃねえぜ。こちとら、高《たけ》え雇い料を払ってんだ」

「嫌なら、別のを捜せ。されど、わしより腕の立つ用心棒は容易にみつからぬぞ。あの女を除けばな」

「けっ、くそったれめ」

伝兵衛たちは、合戦場から逃れる敗軍のように、ぞろぞろ引きあげていった。

「やった。はは、やったぞ」

愛宕屋の奉公人たちが外に飛びだし、喜びに沸《わ》きかえる。

雪乃はふと、半四郎の伯父《おじ》である半兵衛《はんべえ》に言われたことばをおもいだした。

――名こそ惜しけれ。

廻国修行の旅に出るにあたって、人生の師とも慕う半兵衛が「先人の名言のなかで、わしのいちばん好きなことばじゃ。武士たるもの、何事にのぞんでも、おのが一命を惜しんではならぬ。おのれの命を顧《かえり》みず、他人の命を救うこと。武士とはこれじゃ。これに尽きる」と、はなむけのことばを授けてくれたのだ。

半兵衛は「さりとて、あまり無理をするなよ」とも添えてくれた。

あの優しげな皺顔《しわがお》が忘れられない。

半兵衛ならば、まちがいなく、このまま桐生から去ることを潔《いさぎよ》しとするまい。

困ったことになったなと、雪乃はおもった。

七

数日後。

町に緊張が走った。

大勢の供を引きつれ、八州廻りがやってきたのだ。

白綸子《しろりんず》の着物に身を包み、豪勢な駕籠《かご》まで仕立てている。

「大名行列みてえだな」

と、揶揄《やゆ》されるほど煌《きら》びやかな装いであったが、八州廻りの身分は足軽格と低い。

ただし、悪党を見つけ次第、問答無用で斬りすてることができた。

お上から「斬りすて御免」の権限を与えられているのは、火盗改《かとうあらため》と八州廻りだけだ。ゆえに、関八州の天領および旗本寺社領では、鬼か閻魔《えんま》のように恐れられている。みなは「八州さま」と持ちあげ、見廻りの際には貢《みつ》ぎ物《もの》などをして機嫌を取った。

八州廻りのほうも図に乗って、おおっぴらに金品を要求し、言うことを聞かない者は何だかんだと理由をつけて罰しようとする。

「八州は百害あって一徳も無し」

という落首すら詠《よ》まれるほど、腐敗の温床となっていた。

雪乃は、そうした事情を噂には聞いていた。実際には知らず、さほど興味もなかったものの、先方から呼出しが掛かるような予感はしていた。なぜなら、長十手を抱えた伝兵衛が提灯持ちをやっていることもあったし、榛名屋が日頃から八州廻りに金品を贈っていることもある。

どっちにしろ、嫌がらせがあるだろう。

そうおもって待っていると、案の定、榛名屋の若旦那が馴染《なじ》みにしている『梅屋』から、小娘が使いに寄こされた。

ふだんは文使いをしている九つの娘で、名はおたまという。

近在の養蚕《ようさん》農家に生まれたが、三年前、火事で双親《ふたおや》を失った。預かった親戚が女衒《ぜげん》に売り、岡場所へ流れてきたらしい。九つにしてはよく気のつく賢い娘で、女郎屋の抱え主にも重宝されている。

そのおたまが、使いに寄こされた。

「八州さまからの言伝にございます」

可愛げな声で告げられた内容は、愛宕屋徳三郎ともども陣屋《じんや》まで足労せよとのことであった。

若旦那の惣太を傷つけた罪で、縄でも打たれるのだろうか。

それならそれでかまわない。

雪乃は、潔く覚悟を決めた。

「ご安心なされ」

徳三郎は、どんと胸を叩く。

「手前とて、絹糸問屋仲間の肝煎り。そもそも、娘のおきぬを拐かした惣太こそ罪に問われねばなりません。さしたる理由もなく、雪乃さまに縄を掛けるような愚行はさせませぬ」

「逆しまに、伝兵衛たちの非道を訴える好機かもしれませんね」

雪乃は水を向けてみたが、徳三郎は言下に否定した。

「八州廻りは、そのような甘っちょろい輩ではござらぬ。誰よりも腹黒く、信用できない相手です」

陣屋を訪ねてみると、日中から宴席が始まっている。

上座にでんと座る八州廻りは、名を石倉勘解由という。

頬をぷっと膨らませた様子が、茹《ゆ》で蛸《だこ》に似ていた。

愛嬌がありそうに見えて、目だけは笑っていない。

隣に侍《はべ》る提灯持ちの伝兵衛が、首を伸ばして囁《ささや》いた。

「八州さま、愛宕屋徳三郎がまいりました。後ろに控えているのが、例の女剣士にござります」

「お、そうか」

石倉勘解由は盃を持ったまま、顎をしゃくる。

「愛宕屋、近《ちこ》う寄れ」

「はい」

徳三郎は下座《しもざ》に膝を折り、両手を畳についた。

雪乃もすぐ後ろに座ったが、こちらは頭を下げもしない。

用心棒の榊原兵庫之介が酒を舐めつつ、ふたりの様子をおもしろそうに眺めていた。

榊原は、腹にいちもつ抱えている。油断のならない男だ。

「これ、女。八州さまの御前じゃ。頭《ず》が高いぞ」

たしなめる伝兵衛を、石倉が制した。

「よいよい。おなご、名は何と言うたかな」

「楢林雪乃と申します」

「無宿か」

「いいえ」

雪乃は懐中に手を入れ、道中手形《どうちゅうてがた》を取りだす。

伝兵衛みずから膝を寄せて預かり、石倉に見せた。

白洲《しらす》で吟味《ぎんみ》されているようで、良い気分ではない。

「なるほど、そなたの父は江戸で道場を開いておるのか」

「さようにござります」

「無宿であったならば、伝兵衛に縄を掛けさせておるところじゃ。されど、そうもいかぬ。代わりといっては何だが、おぬしのその腕を貸してもらえぬか」

縄を打たれるどころか、真摯《しんし》な態度で助っ人を頼まれ、雪乃は拍子抜けした。

「どういうことでしょう」

「ふむ。じつはな、極悪非道の兇状持《きようじよう も》ちどもが桐生へ逃げ込んできたとの訴えがあり、急遽《きゆうきよ》、馳せ参じたのじゃ」

黒雲《くろくも》の弥五郎《やごろう》一味と聞き、雪乃は顔をしかめた。

「おぬしも聞いたことがあろう」

この三年余り、黒雲一味は江戸市中の大店を荒らしまわり、罪もない奉公人たちを何人も殺《あや》めてきた。

町奉行の隠密御用を仰せつかっていた雪乃が知らないはずはない。

石倉は淡々とつづける。

「杣人《そまびと》がな、鳴神山の尾根で一味のすがたを見掛けたのだ。明朝より、山狩りをおこなう。楢林雪乃とやら、おぬしも参じるのだ」

依頼を拒めば、何をされるかわからない。

「よろしゅうございます」

雪乃が素直に応じると、八州廻りは手を叩いて喜んだ。

「うほほ、さようか」

徳三郎はかたわらで、申し訳なさそうな顔をする。

どうやら、不吉な予感を抱いているようだった。

雪乃にしても穏やかな心境ではないが、ここは抵抗しないほうが利口だとおもった。

八

鳴神山の麓《ふもと》は、一面白銀に覆われていた。

獲物の影さえもない。

すでに三刻(六時間)、尾根を登りつづけている。

正午の陽光に容赦なく照らされ、みな、汗を掻いている。

吐く息は白いのに大汗を掻き、疲労の色を滲ませていた。

伝兵衛も手下たちも肩で息をしていたが、陣笠をかぶった八州廻りの石倉は健脚ぶりを発揮している。

「わしは山歩きが好きでな」

その石倉よりも、さらに雪乃の足取りは軽快だった。

常日頃の鍛《きた》え方がちがうのだ。

物々しい扮装《ふんそう》の一団は、近在の農家などにも合力させ、百人を超える数にのぼっていた。ただ、用心棒の榊原兵庫之介はいない。面倒なことは避けたいのだろう。

それだけの集団がまずは吾妻山をめざし、巨岩の迫《せ》りだす沢道に沿って登攀《とうはん》をつづけた。稜線に近い斜面は、春になると片栗《かたくり》の群落を堪能できるという。頂上の近くでは白銀に覆われた野面を一望し、さらに二里余り縦走したのち、鳴神山にとりついた。

鳴神山は信仰の山だ。山頂肩には雷神嶽神社《なるかみたけじんじゃ》がある。

山頂は春になれば岩肌が露出し、双耳峰《そうじほう》になっていた。

「西峰は仁田山岳《にったやまだけ》、東峰は桐生岳」

さり気なく教えてくれたのは、巨漢の市蔵だった。

智恵の足りない暴れ者だとばかりおもっていたが、存外に優しいところがある。

尾根伝いに登っていくと、崖地があり、崖を背にした細流のそばに杣小屋が建っていた。

「あれだ。あの小屋に見掛けねえ連中がおりますんで」

道案内の杣人が顎をしゃくった。

石倉勘解由の合図で、伝兵衛以下の捕り方どもが散り、崖下に降りて小屋を取りかこむ。

半数は表と裏を固め、逃げ口を塞《ふさ》いだ。

「おい、おなご、わしに従え」

石倉は雪乃を随伴させ、小屋の正面に近づいた。

丸木の扉は頑《かたく》なに閉ざされているものの、内には殺気がわだかまっている。

「誰かおるぞ」

伝兵衛たちが慎重に歩みより、表扉の脇に張りついた。

石倉は頃合い良しと踏み、大声を張りあげる。

「黒雲の弥五郎、小屋に隠れておるのは先刻承知じゃ。神妙にいたせ」

伝兵衛たちは、用意した松明《たいまつ》に点火する。

「出てこい。さもなくば、小屋ごと焼きはらうぞ」

ぱちぱちと炎が燃え、黒い煙が横風に靡《なび》く。

「よし、燻《いぶ》してやれ」

市蔵が大団扇《おおうちわ》を扇《あお》ぎ、隙間に黒煙を流しこむ。

そうやって、四半刻（三十分）ほど経過したころ。

突如、丸木の扉が内から蹴られた。

「ぬわああ」

野良着《のらぎ》の連中が躍りだしてくる。

三人だ。

みな、長脇差を抜きはなっている。

「ぎゃっ」

やにわに、伝兵衛の手下が咽喉《のど》を串刺《くしざ》しにされた。

血飛沫《ちしぶき》がほとばしり、小屋の周囲は騒然となる。

「怯《ひる》むな。敵は三人ぞ」

餓《う》えた狼《おおかみ》どもは、前歯を剝いて捕り方に迫る。

「くおおお」

雄叫《おたけ》びをあげ、白刃をぶんぶん振りまわす。

烏合《うごう》の衆の捕り方は、蜘蛛《くも》の子を散らすように逃げだした。

狼どもは荒い息を吐き、逃げ遅れた連中を血祭りにあげていく。

「逃げるな。囲め、囲め」

伝兵衛は、後ろから必死にけしかける。

が、手負いの狼どもは予想以上に手強い。

「市蔵、おまえが行け」

命じられて躍りだした巨漢は、一刀で袈裟懸けに斬られた。

だが、怯まずに悪党の首を絞め、石の頭で頭突きを食らわす。

「よし、やったぞ」

昏倒《こんとう》したひとりにたいして、得物《えもの》を抱えた手下どもが殺到した。

残りのふたりは死に物狂いで刀を振りまわし、近づくこともできない。

討手《うって》のほうは、大勢の怪我人を出していた。

「何をもたついておる。早《はよ》う捕まえよ」

石倉は焦りを募らせた。

雪乃は隣に身を寄せ、囁くように言った。

「石倉さま、榛名屋のわるさをやめさせてください。今後いっさい、愛宕屋には関わらぬこと。それをこの場で約束していただけるのなら、あのふたりを成敗《せいばい》して進ぜましょう」

「ん、わかった、榛名屋のことは約束いたす」

「武士に二言《にごん》はありませんね」

「ない。悪党を成敗したら、褒美《ほうび》を出そうではないか」

褒美などいらぬ。

雪乃は雪を蹴りあげた。

悪党の目睫《もくしょう》の間《かん》に迫り、両手をひろげてみせる。

「うっ」

相手は息を呑んだ。

「おなごかよ」

「おなごでわるかったな。おぬしら、黒雲の一味か」

「おうよ。隠れもしねえ日の本一の盗人よ。捕まりゃどうせ打ち首だ。てめえらみんな道連れにして、華々《はなばな》しく死んでやる。おなごでも容赦しねえぜ」

「のぞむところ」

「おりゃ……っ」

雪乃は抜いた。

――しゅっ。

閃光《せんこう》が走る。

突きかかってくる相手を躱し、瞬時に脇胴《わきどう》を抜いた。

「ぬげっ」

剔《えぐ》られた傷口から、夥《おびただ》しい血が噴きだす。

倒れた男を顧みず、雪乃はもうひとりに迫った。

「ちくしょう。女め」

男は尻を掻くほど白刃を振りかぶり、大上段から斬りつけてくる。

雪乃は刃を合わせることもなく、相手の臍下《せいか》を擦りつけるように薙《な》いだ。

「うぎゃっ」

断末魔《だんまつま》の悲鳴が響きわたり、辺りはしんと静まった。

山肌を剝ぎとるように吹く風音だけが聞こえてくる。

鳥の目で見下ろせば、雪上を濡らす鮮血が寒椿の花にも見えた。

誰もが疲労困憊《ひろうこんばい》の体《てい》で膝を屈し、荒い息を吐くなかで、雪乃だけはひとり超然と佇《たたず》んでいる。

悪党の血を吸った刀を納めると、鍔鳴りが鳴神山に木霊《こだま》した。

だが、死んだ三人のなかに、首魁《しゅかい》の弥五郎はいなかった。

九

八州廻りは、平然と約束を破った。

それどころか、陣屋に呼ばれて行ってみると、居丈高《いたけだか》な態度で「女を引ったてよ」と取りまきに命じた。

「たばかったな」

部屋から廊下へ飛びだすと、巨漢の市蔵が突進してくる。

「はっ」

雪乃はひらりと舞いあがり、市蔵の肩を踏み台にして中庭へ飛びおりた。

そのとき。

——ぱん。

乾いた筒音《つつおと》が響いた。

裏木戸のそばに、榛名屋の内儀おゆうが佇んでいる。

右手に短筒《たんづつ》を握り、左腕にはおきぬを抱えていた。

「動くんじゃない。娘の命が惜しけりゃね」

おゆうは蓮っ葉《はすぱ》な口調で言い、筒口をこちらに向ける。

「岡場所出の女を甘くみるんじゃないよ。さあ、大小を帯から抜きな」

雪乃は言われたとおり、近寄ってきた手下に二刀を預けた。

石倉勘解由が、胸を反らして嗤《わら》いあげる。

「ふはは、やはり、おなごよの。脇が甘いわ」

「罪状は」

と、雪乃はいちおう問うてみた。

「殺しだ。きまっておるではないか」

「最初から、縄を打つつもりだったのか」

「あたりまえだ。榛名屋にとって愛宕屋は目の上のたんこぶ、わしにとっても何ら益はない。愛宕屋の味方をすれば、こうなるのじゃ。ぬはは、八州廻りに逆ったらどうなるか、おもい知るがよい」

どうやら、徳三郎も牢に繋がれたらしい。

山狩りに出ばった隙を衝かれたのだった。

腹は立ったが、言いなりになるしかない。

雪乃は後ろ手に縛られ、吹きさらしの雪道を引かれていった。

西の山間《やまあい》に「阿弥陀《あみだ》の寺」として知られる禅寺、萬松山崇禅寺《ばんしょうざんそうぜんじ》がある。

南北朝の時代より法灯を点《とも》しつづける崇禅寺のそばに、朽《く》ちかけて顧みられるともない阿弥陀堂が建っていた。

骨のような枝を伸ばした大銀杏《おおいちょう》が、崩れかけた屋根に覆いかぶさっている。

雪乃は手足を鉄鎖《てつぐさり》で縛られ、阿弥陀堂の片隅に繋がれた。

見張りには市蔵がつき、板壁の隙間から覗いている。

暖はなく、竹筒一本の水以外は何も与えられない。

凍える寒さを耐えしのぎ、どうにか一夜目は乗りきった。

「八州め」

弱らせて、牙《きば》を抜く腹なのだ。

雪乃は怒りを燃やしつづけた。

怒りは、生きのびる糧《かて》になる。

江戸を離れ、過酷な旅の空に身をおくなかで、雪乃は以前よりも逞しくなっていた。

剣の腕も格段にあがったと自負している。できれば、四国や九州なども経巡って修行をかさね、江戸へ戻って道場を開きたい。そうした夢を胸に抱きつつ、着実な歩みを進めていた。

正直、こんなところで死にたくはない。

だが、一方で、これも運命なのだというあきらめもある。

武士の娘であれば、潔くなければならぬ。

いざとなれば、潔く死んでみせたい。そんな願望もあった。

それにしても、咽喉が渇いて仕方がない。

すでに、竹筒は空だった。

丸二日が経ったころ、外から市蔵が声を掛けてきた。

「おめえさん、腹あ減ったろう」

同情しているのか、親しげな口調だ。

雪乃は応じず、じっと聞き耳を立てた。

「可哀相《かわいそう》になあ。おめえさんは、何ひとつわるかねえ。何しろ、悪党を成敗して手柄をあげたおひとだ。そんなことは、みんなわかっている。でもな、八州さまにゃ逆らえねえ。堪忍《かんにん》だ」

狭い隙間から、塩結びがひとつ転がってきた。

それと、竹筒も転がってくる。

雪乃は竹筒の栓《せん》を抜き、新鮮な水を呑んだ。

これほど美味《おい》しい水は、久しぶりだと感じた。

塩結びも手に取り、半分だけ食べた。

あとの半分は、生きのびるための蓄えだ。

塩結びを味わいながら、涙が零《こぼ》れてきた。

たった二日で、人とはこうも浅ましく変わるものなのか。

そうしたおもいが、悔し涙となって溢《あふ》れてきたのだ。

「市蔵さん、ありがとう」

外に向けて、雪乃は心から礼を述べた。

十

市中ではとんでもないことが勃きていた。

黒雲の弥五郎があらわれ、岡場所の『梅屋』に立て籠もり、不敵にも八州廻りに金品を要求してきたのだ。

人質がふたりあった。

ひとりは榛名屋の惣太、もうひとりは文使いのおたまだ。

弥五郎は惣太の素姓をあらかじめ知ったうえで、人質に選んだらしかった。

榛名屋を突っつけば、金はいくらでも出てくると読んだにちがいない。

さすがに、場数を踏んでいるだけのことはある。

一見無謀に見えて、やることに抜かりはなかった。

「弱ったな」

八州廻りは手を出しあぐねた。

伝兵衛に雇われた用心棒の榊原は何処かにすがたをくらまし、代わりに榛名屋のおゆうがしゃしゃり出てきた。

伝兵衛の手下どもを引きつれ、意気揚々《いきようよう》と『梅屋』にやってきたのだ。

「八州さま、わたしにお任せくださいな」

短筒の威力で黙らせると言う。

石倉に貸しをつくる気なのだ。

おゆうが許しを得て部屋へ近づいてみると、義理の息子でもある惣太は顔のかたちが変わるほど撲《なぐ》られていた。

一方、幼いおたまは震えが止まらない。

首魁の弥五郎を見掛けた瞬間、おゆうは言いしれぬ恐怖を感じた。

だが、懐中には飛び道具を握っている。

勇気を出して部屋に踏みこむや、短筒を抜いて啖呵《たんか》を切った。

「おい、悪党。命が惜しけりゃ、惣太を返《けえ》しな」

弥五郎は、いっこうに動じない。

呵々《かか》と嗤い、睨みつけた。

「榛名屋の内儀か。おめえ、女郎あがりだってな。どうりで、安い襟白粉《ぱっちり》の匂いがするぜ」

「うるさい」

おゆうは頭に血をのぼらせ、勢いのままに近づいた。

と、そのとき。

襖の脇から人影が躍りかかってきた。

「ふえっ」

手下がひとり、隠れていたのだ。

おゆうと手下は縺《もつ》れあうように倒れ、倒れた拍子に筒口が火を噴いた。

放たれた鉛弾が天井に風穴をあける。

「ふへへ、飛んで火にいる何とやらだぜ」

人質は三人に増え、石倉勘解由は頭を抱えるしかなかった。

困ったことに、頼る者もいない。

天領での仕置きは、自分に任されているのだ。

道中奉行に泣きつき、増援を請えば、面目《めんぼく》を失うことになる。

この苦境を乗りきることができなければ、八州廻りという笑いの止まらぬ役目を降ろされてしまうであろう。

一方、榛名屋惣左衛門は「金はいくらでもくれてやる。女房と子どもを助けてくれ」と、うるさく泣きついてくる。

「進退窮まったか」

沈痛な面持ちでつぶやく石倉に向かって、狡猾《こうかつ》な狸の伝兵衛が囁いた。

「八州さま、こうなれば、あの女に頼むしかありません」

「あの女」

「楢林雪乃でさあ。あれは並みの剣客じゃねえ。何とかしてくれるかもしれませんぜ。それに、おなごを行かせれば、敵も油断いたしましょう」

「なるほど」

だが、ひとつ懸念がある。

人質を解放した途端、雪乃に逃げられるかもしれない。

「ふへへ」

伝兵衛は笑った。

「また、同じ手を使やいいんです」

愛宕屋のおきぬを拐かし、楯に取れば、雪乃をおもいどおりにできる。

「いかがです」

狡賢《ずるがしこ》い狸は、どんなもんだいという顔をする。

理不尽《りふじん》な理由で捕まえておいて、いまさら手助けせよなどと、いくら何でも無理筋の願いだという空気が、手下たちのなかにまでひろがった。

いずれにしろ、石倉は身の保全ばかりを考えている。

周囲の空気など、読もうとすらしなかった。

「よし、女を連れてこい」

いつものように、ふてぶてしい顔で命じたのである。

十一

三日ぶりに戻った愛宕屋では、風呂の支度ができており、雪乃は熱い湯に浸かって心身の疲れを取り除いた。

湯からあがると、内儀のおみきが仕立てた桐生絹の着物を纏い、髪を梳《す》いて茶笄に結いなおし、唇もとにほんの少し紅を指す。

八州廻りから戻された両刀を腰に差すや、誰もが見惚《みと》れてしまうほどの若武者ぶりとなった。

足早に大通りを進み、不意に裏道へ逸《そ》れる。

夕暮れの市中には、雪がちらついていた。

めざす『梅屋』の正面は、鈴生《すずな》りの人で埋めつくされている。

小太りの伝兵衛が、猿《ましら》のように駆けてきた。

「これはこれは、女剣士どの。よくぞ、頼みをお受けくださいました」

八州廻りの頼みを聞いたわけではない。

人質に取られた文使いのおたまの身が案じられたのだ。

この手で救ってやらねばならぬ、という強い信念に衝き動かされていた。

「人質は無事か」

「へ、そりゃもう」

「文使いの娘は、どうしておる」

「なかの様子はわからねえが、きっと生きておりやすぜ」

雪乃は伝兵衛に導かれ、八州廻りのそばに進んでいった。

約束を平気で破る男は、薄っぺらな笑みを浮かべてみせる。

「来たな。ふふ、もういちど生きる機会を与えてやろう。黒雲の弥五郎を成敗したら、罪はなかったことにしてやる」

「罪とは何だ」

「おぬしが天領でやったこと、すべてにきまっておろうが。わしの縄張り内で勝手に動きまわるのが罪なのだ」

ふっと、雪乃は笑う。

「何が可笑《おか》しい」

「あまりに莫迦莫迦しくて、笑うしかなかろう。八州廻りとは、みな、おぬしのようなものなのか」

「わしのようなら、どうする」

「嘆かわしいことだ」

「何じゃと」

怒りで顔を朱に染める石倉を、雪乃は三白眼《さんぱくがん》に睨みつけた。

「事が済んだら、わたしは町を出る。邪魔立ていたすな」

「ふん、勝手にするがいいさ。黒雲の弥五郎が、それほど容易《たやす》く成敗できるとはおもえぬがな」

「案ずるにはおよばぬ」

「どこまでも口の減らぬおなごだ。まあよいわ。弥五郎の手には短筒がある。心して掛かるがよい」

「承知」

雪乃はうなずきながら野次馬を見渡し、固唾《かたず》を呑んで見つめる下女に目を留めた。

雪乃は、膳ごしらえの下女に化けた。

寸鉄も帯びず、廊下から声を掛ける。

「塩結びと蕪《かぶ》の糠漬《ぬかづ》けをお持ちしました」

襖が少し開き、悪党の片目が覗いた。

「下女か、ひとりだけか」

「はい」

「よし、入れ」

すっと障子が開き、わざと怖々《こわごわ》とした様子でそっと入りこむや、背中で襖を閉められた。
「おかしら、飯ですぜ。下女がひとりで運んできやした」
手下が声を掛ける隙に、部屋のなかをざっと見渡す。
若旦那と内儀は後ろ手に縛られ、がっくり項垂《うなだ》れていた。
文使いのおたまは膝を抱え、部屋の片隅で子兎のように震えている。
三人とも、逃げる気力すら失せてしまっているかのようだ。
首魁の弥五郎は上座で胡座《あぐら》を掻き、眸子を爛々《らんらん》と光らせている。
蹲《うずくま》ったすがたは小山のようで、対峙する者を圧倒する迫力がある。
刃長三尺を超える刀が、背後の壁に立てかけてあった。
弥五郎本人は、おゆうの短筒を弄《もてあそ》んでいる。
手下は厳《いか》つい男で、背帯に長脇差を差していた。
ほかには、畳のまんなかに手槍《てやり》が無造作に転がっている。
「どれどれ。ほう、下女にしとくにゃもったいねえ女じゃねえか」
弥五郎は身を乗りだした。
雪乃は目を逸らし、わざと脅えた素振りをする。
「恐がらずに、もそっと近《ちこ》う寄れ。ふふ、それにしても、たったひとりで虎口に踏みこむとは、度胸があんじゃねえか。気に入ったぜ」

弥五郎に疑われぬように、雪乃は声を震わせた。

「八州さまに言われたのでござります。なかの様子を見てきたら、一朱やるからと」

「一朱か。ふん、あいかわらず、小せえ野郎だぜ」

弥五郎はかたわらの木箱を摑み、高々と掲げてひっくり返す。

黄金色の小判が、じゃらじゃら音を立てながら畳に落ちた。

「ほれ、好きなだけもっていけ。ぬへ、ぬへへ」

ひとしきり笑うと、弥五郎はしんみりと語りだした。

「おれはな、赤城山の麓にある貧乏な百姓家に生まれた。ろくなものも食えずに育ったが、あるとき、良いものをみつけた。絹糸問屋が八州廻りを招いて、毎晩のように宴席を催しておったのさ。おれの狙いは、捨てられる膳の食べ物よ。腐りかけた魚を貪りながら、いつか八州廻りを見返してやると胸に誓った。おれはな、お上の威光を笠に着て弱い者いじめする輩が許せねえ。わかるか、黒雲の弥五郎は義賊なんだぜ」

陶酔《とうすい》しながら語ってきかせる弥五郎にたいして、雪乃は水を差すようなことを言う。

「あなたさまはお江戸で非道をかさねてきたと、噂に聞きました。商家に押し入り、何の罪もない奉公人たちを殺めたと」

「人間はいつか死ぬ。そいつらにとってみりゃ寿命だった。それだけのはなしさ。おめえ、名は」

「おゆきと申します」

「齢は」

「二十七になりました」

「へへ、そうかい。こっちにこい」

「嫌です」

「うほほ、おれの誘いを断りやがった。気の強《つえ》え女は嫌《きれ》えじゃねえ。さあ、怖がらずにこっちにきてみな」

好機到来、雪乃はゆっくり身を寄せていく。

「ほうら、捕まえた」

弥五郎の大きな手で、左手首を掴まれた。

ぐいっと膝のうえに引きよせられた。

「やめて」

腰を浮かせかけるや、手首ではなく、掌《て》を握られた。

「ん、おめえ、妙な胼胝《たこ》ができてんな」

さすがに、勘がよい。

ばれたと察し、雪乃はひらきなおる。

「ふふ、それは竹刀《しない》胼胝さ」

言うが早いか、弥五郎に握られた左手を支点にして、雪乃はからだを反転させた。

右手を伸ばし、壁に立てかけられた刀の柄を摑む。

摑むと同時に鯉口《こいぐち》を切るや、するっと鞘が抜けた。

「うわっ、何さらす」

三尺の白刃が煌《きら》めき、斜めに閃光が走った。

「ぐおっ」

悪党の血がほとばしる。

雪乃は片手斬りで、弥五郎を袈裟懸けに斬っていた。

「お、おのれ」

傷は深い。

だが、致命傷ではない。

弥五郎は、畳に転がった。

「おかしら」

手下が脇差を抜き、壁際で震えるおたまを狙う。

「させるか」

雪乃は、刀を投げた。

「のげっ」

手下は、仰けぞるように倒れる。

投擲《とうてき》された白刃は、咽喉を串刺しにしていた。

「こ、このあま」

弥五郎は血達磨《ちだるま》と化しつつも、短筒を構える。

雪乃は爪先を伸ばし、畳に転がった手槍を器用に掬《すく》いあげた。

「くりゃ……っ」

両手で握って気合いを掛けた瞬間、弥五郎が短筒を撃った。

――ぱん。

咄嗟《とっさ》に、雪乃は首を捻る。

頰に焼けつくような痛みが走り、鉛弾は背後の壁に穴をあけた。

「悪党め、地獄へ堕《お》ちよ」

槍の穂先がぐんと伸び、弥五郎の左胸に突きたった。

「ぐはっ……ぬぐ」

穂先は心ノ臓を貫き、背中から突きだす。

弥五郎は眸子を瞠ったまま、事切れた。

若旦那も内儀も、蒼白な顔で震えている。

おたまはと見れば、蹲って気を失っていた。

「それっ」

襖の向こうで様子を窺っていた連中が、どっとなだれこんでくる。

「やったぞ。女剣士が弥五郎を成敗したぞ」

嵐のような歓声が沸きあがり、雪乃は興奮の坩堝《るつぼ》と化した輪のなかに引っぱられていった。

十二

露地裏も大通りも、大勢の人で埋まっている。

やがて、歓呼《かんこ》の渦《うず》は溶け、八州廻りの石倉勘解由が声を張りあげた。

「捕り物は仕舞いじゃ。黒雲の弥五郎一味は、この石倉が成敗つかまつった」

「よ、八州さま、日本一」

合の手を入れたのは、お調子者の伝兵衛ひとり、ほかの連中はむっつり口を噤《つぐ》んでいる。

「ちがうぜ」

野太い声で異を唱えたのは、巨漢の市蔵だった。

「それはちがう。弥五郎を成敗したのは、江戸の女剣士だぜ」

「お、おめえ、何を言ってやがる。莫迦たれめ」

伝兵衛は色を失い、激しく怒りあげた。

市蔵はしかし、怯《ひる》まなかった。

「おれは莫迦だけど、善人と悪人の区別くれえはつく」

伝兵衛のそばに近づき、毅然と言いはなつ。

「おめえは、桐生の恥だ」

拳《こぶし》を固め、どんと突きだした。

――ぼこっ。

鈍い音とともに、伝兵衛の鼻が潰れた。

市蔵は振りかえり、こんどは八州廻りに近づいていく。

石倉は陣笠をかなぐり捨て、腰の刀に手を掛けた。

「でかぶつめ、お上に盾つく気か」

「八州さま、おめえさんは悪人だ。黒雲の弥五郎よりも質《たち》がわりい。おめえさんのせいで、大勢のもんが泣いている」

「下郎め、生意気な口を叩くな」

八州は唾を飛ばし、白刃を抜きはなつ。

だが、市蔵を斬ることはできない。

市蔵の後ろには、大勢の町人や百姓たち、それから、今まで八州廻りの手足となって働いてきた伝兵衛の手下たちが控えていた。

みな、眸子に怒りを湛《たた》えている。

この場で市蔵を斬れば、どのような報復を受けるかわからない。

「ふうむ、どいつもこいつもふざけおって」

石倉は刀を納め、逃げ腰で後退《あとずさ》る。

「おぼえておれ。みんなまとめて牢へ送ってやるからな」

そのとき、何者かの声が地の底から響いてきた。

「石倉勘解由、観念いたせ」

群衆の壁が割れ、男がひとり歩みよってくる。

「お、おぬしは」

榛名屋の用心棒、榊原兵庫之介であった。

雇い主の惣左衛門に縄を打ち、引きずるように連れてくる。

「拙者は公儀隠密、榊原兵庫之介である。数々の訴えにより、八州廻りの行状を調べるために、この地へ立ちよった。石倉勘解由、おぬしの行状は目に余る。巡回する先々で宴席を催させ、酒池肉林《しゅちにくりん》のかぎりを尽くし、果ては法外の金品まで強要する。合力を命じられる地の者たちは、たまったものではない。すでに、証拠は集めた。榛名屋惣左衛門から口書《くちがき》もとったしな。もはや、言い逃れはできぬぞ。おぬしのやったことは、万死に値する」

「く、くそっ」

石倉はがっくり膝を屈し、集まった者たちの溜飲《りゅういん》は下がった。

榊原は、雪乃に向きなおる。

「さて、楢林雪乃とやら。流浪《るろう》の身でありながら、おぬしは多くの者の命を断った。その行為はお上を軽んじるもので、本来は重い罪を与えねばならぬ」

凛《りん》と発せられることばには力があり、抗《あらが》う者はいない。

雪乃も覚悟は決めた。

自分のやったことの始末は、甘んじて受けねばなるまい。

「されど」

と、榊原はつづける。

「正直、おなごのおぬしがここまでやるとはおもわなんだ。感服いたす。ま、知らなかったことにしておこう」

「え」

「最初から、おぬしなど知らなかった。そういうことだ」

「では、お許しいただけるのですか」

「知らない相手を罰することはできまい」

一瞬の沈黙ののち、どっと歓声が沸きおこった。

お祭り騒ぎのなか、榊原が声を掛けてくる。

「あれをみろ」

指差したさきに目を向ければ、愛宕屋の親子が深々とお辞儀をしていた。

薄紫の絹を纏ったおきぬは、文使いのおたまの手をしっかり握っている。

「正直に申せば、おぬしの命乞いをされたのだ」

榊原は、嬉しそうに笑う。

「おぬしを罰するなら、自分たちは生きていけない。愛宕屋は親子ともどもそう言い、わしを鬼の顔で睨んだ。許さずにはおけまい。恩義を知る連中だ。ああした連中に恨まれたら、夢見がわるいからな。おぬしとは役目抜きで勝負したかったが、ま、お預けにしておこう」

榊原はにっこり笑い、袂をひるがえす。

雪乃は喧騒から逃れ、土手に向かった。

土手のうえに立つと、茜に染まる鳴神山が遠望できる。

眼下には渡良瀬川が滔々《とうとう》と流れ、大きな魚が跳ねたように見えた。

「この町なら、住んでもいい」

雪乃は両手を空に突きあげ、大きく伸びをした。

龍《りゅう》の角凧《かくだこ》

一

正月二十五日、朝。

桐生で八州廻りが捕縛《ほばく》されたという噂は「ちかごろ耳寄りなはなし」として、江戸雀の口の端にものぼったが、快挙《かいきょ》とも言うべき出来事の陰に女剣士の活躍があったことを知る者はいない。

だが、半四郎の伯父八尾半兵衛は、どうしたわけか雪乃の身を案じていた。

もっとも、それは今日にはじまったことではなかった。雪乃が廻国修行の旅に発って以来、毎日のように思いだしては溜息を吐《つ》いている。

父親の楢林兵庫とは以前から懇意にしており、雪乃がいなくなってからも病気見舞いに何度か訪れた。

「あれはもはや、死んだも同然におもっております」

淋しげに笑う父親を、半兵衛は本気で叱責《しっせき》した。

「おぬしも若くはない。暖かく迎えてやる素直な心を持つのじゃ」

そうしたやりとりを経て、いっそう親交は深まったが、半兵衛は自分のほうがむしろ雪乃の実父であるかのように錯覚することもある。

「おこがましいの」

雪乃は隠密に就いていたころ、ことあるごとに訪ねてきてくれた。役目の中味を告げるでもなく、弱音を吐くでもない。ただ、濡れ縁《ぬれえん》に座って庭木や鉢植えを愛《め》でながら茶を飲むだけで心が休まると言っていた。廻国修行の決意を告白されたときも、半兵衛は「おのれの決めた道を堂々と進むがよい」と、偉そうに言ってやったのだ。

もう遥《はる》かむかしのことのように感じられるが、半兵衛はかつて風烈廻《ふうれつまわ》り同心に任じられていた。

役目を辞し、御家人株《ごけにんかぶ》も売りはらい、鉢植えだけが取り柄の隠居《いんきょ》になった。七年前に知りあったおつやはまだ三十代のなかば、年齢は親子ほども離れているが、下谷同朋町《したやどうぼうちょう》の自邸で仲睦《なかむつ》まじく暮らしている。世間は良い老入《おいれ》だと羨ましがるものの、齢《よわい》も七十に近づくと、さすがに死を身近なものとして意識しはじめる。

できれば、惜しまれて死にたいものよ。

それゆえか、近頃は他人に善行をほどこしたくなった。

誰かのために、何かよいことをしたい。誰かの喜ぶ顔が見たいと、そんなことばかり考えている。

半兵衛は下谷から南へ足を延ばし、芝増上寺《しばぞうじょうじ》の山内《さんない》までやってきた。

この時季は、茅野天神《ちのてんじん》の境内《けいだい》に梅市が立つ。

昨日は芝愛宕神社《あたごじんじゃ》の祭りで、やはり、梅市が立った。露天商は愛宕神社で売れ残った鉢を、翌日は茅野天神で売りさばく。これらの鉢は、菅原道真《すがわらみちざね》の伝説に因《ちな》んで「飛梅《とびうめ》」などと呼ばれていた。

鉢物名人のあいだでは「飛梅は安くて掘り出し物が多い」という定説があり、半兵衛はいつもひとりで市に訪れるのを習慣としていた。

案の定、なかなかに良い「飛梅」にめぐりあい、鉢を小脇に抱えながら、ほくほく顔で大門《だいもん》まで戻ってきた。

「おつやも連れてくればよかったかのう」

半兵衛はぽつりと漏らし、ふと、薄曇りの空を仰いだ。

凧が風を孕《はら》み、悠々と泳いでいる。

白地に朱で「龍」と大書された角凧だ。

「浜のほうじゃな」

ぽかんと口を開けたまま、門前大路を抜けた。

凧は誘うているかのように、どんどん南に遠ざかる。

帰路とは反対の方角だが、半兵衛は凧を追いかけた。

新網北町《しんあみきたちよう》から南町へ、芝湊町から古川《ふるかわ》の河口へ、さらには急ぎ足で金杉橋《かなすぎばし》を渡り、浜辺へ降りていく。

堀を挟んで建っているのは、会津藩の下屋敷であろうか。

浜辺には人影がいくつかあり、十に満たない童子もいた。

凧をあげているのは、その童子だ。

「侍の子か」

巧みに糸を操っている。

半兵衛は胸を高鳴らせながら、近づいていった。

「おうい」

右手を大きく振ると、童子はちらりと顔を向けた。

すぐさま凧に目を戻し、糸をくいっと引きよせる。

凧は命を吹きこまれたかのように、ぐんぐん空へ昇っていった。

どんなもんだいという顔をつくり、童子は不敵な笑みを漏らす。

半兵衛は白髪を靡《なび》かせ、息を切らし、そばまで近づいていった。

「その凧、誰がつくった」

「父です」

「ほう、そなたの父は凧づくりの名人らしいな」

「そうですよ」

さらりと言ってのける横顔が、小面憎《こづらにく》いほど自慢げだ。

「骨はなるたけ細くなければいけません。それでいて頑丈《がんじょう》なものでなければだめです。長さと太さを等しく削るのが、なかなかに難しいのですよ」

「ほう」

「縦一尺六寸、横一尺一寸、六本骨の中張り角凧です。ご覧のとおり、糸目は六本。これを自在に操るには、ちょっとした骨法《こつ》が要ります」

「どれ、わしにもやらせてくれぬか」

「え、できますか。けっこう難しいですよ」

生意気な小僧め。

「寄こしてみろ」

半兵衛は奪うように糸を取り、くいくい引きはじめる。

「ふふ、どうじゃ」

「お上手ですね」

なかなかの手練だと、童子もみとめたようだ。

端から眺めていると、老人と孫が戯《たわむ》れているようにしか見えない。

「わしはな、風を読むことができるのよ」

「風を」

「さよう。風向きを読まねば、凧あげはできまい」

「そうですね」

大人びた物言いをし、童子はうなずく。

「おぬし、いくつだ」

「九つです」

「名は」

「丸子《まりこ》龍一郎《りゅういちろう》です」

「駿府《すんぷ》の宿場町に同じ名があったな。とろろ汁で有名な東海道の宿場じゃ」

「存じております。たぶん、父の生まれ故郷です」

「たぶんか」

「わたしは、江戸の暮らししか存じません」

「母上は」

「わたしが乳飲み子のときに病で亡くなったと、父に聞いております」

「兄弟姉妹もなく、父とふたりか」

「はい」

何やら不憫《ふびん》におもわれたが、半兵衛は口に出さない。

「わしは八尾半兵衛じゃ」

「何とお呼びすれば」

「半兵衛どのとでも、気易《きやす》く呼べばいい」

「半兵衛どの」

「おう、何じゃ」

「凧をお返しください」

「そうであったな。ふむ、ありがとうよ」

手にした糸の束を返すと、龍一郎はくいくい引きはじめた。

さりげなく、半兵衛は問うてみる。

「父は浪人か」

「浪人ではいけませんか」

きっと睨まれ、半兵衛はたじろいだ。

「いいや。いっこうにかまわぬ。わしにも浪人の友がおってな、浅間三左衛門というのじゃが、五つになった娘の守をしながら、貧乏長屋で何やら楽しげに暮らしておる。そやつ、富田流小太刀の達人でな、本気になれば公方さまの指南役ともわたりあえる力量なのじゃが、それを誇ろうともせぬ。ともあれ、わしはな、浪人だからというて莫迦にしたりはせぬ」

「父も剣士です。本気で闘えば、かなうものとておりません。大蝦蟇《おおがま》に乗った自来也《じらいや》だって、たぶん、父にはかなうまい」

「ほ、さようか。おぬしは、父が好きなのだな」

「はい」

大人になったら父のようになりたいと、龍一郎は瞳を輝かせる。

半兵衛はどうにも、嬉しくてたまらなくなった。

ふたりはしばらくのあいだ、凧あげに興じた。

子も孫もいない半兵衛にとって、夢のようなひとときであった。

「半兵衛どの、そろそろ帰らねばなりません」

「おう、そうか」

淋しそうにこぼす龍一郎の顔には、誰かに撲《なぐ》られた痕《あと》が見受けられる。

おおかた、喧嘩《けんか》でもしたのだろう。

「おぬし、この近くに住んでおるのか」

「安楽寺《あんらくじ》の裏手、蛤長屋《はまぐりながや》に住んでおります。あの」

「何じゃ」

「浜辺で凧あげをしていたこと、父には黙っててもらえませんか」

「どうして」

じつは、手習いを抜けてきたのだと、龍一郎は蚊《か》が鳴くような声で漏らす。

半兵衛はにこりともせず、しっかりうなずいてやった。

「よし、秘密にしよう。男と男の約束じゃ」

ふたりはうなずきあい、指切りげんまんをして別れた。

二

下谷同朋町。

濡れ縁は、ぽかぽかと暖かい。

「野良猫にでもなった気分じゃのう」

半兵衛は手枕で寝転び、鼻の穴をほじくった。

中庭に何列も並んだ鉢棚は筵《むしろ》で覆われ、所狭しと鉢植えが置かれている。盆栽《ぼんさい》なども多く見受けられたが、今は何と言っても梅の季節だ。

紅白の梅が盛りを競《きそ》うなかに、茅野天神で求めた鉢もあった。

「東風《こち》吹かば匂ひおこせよ梅の花、あるじなしとて春な忘れそ。おつや、これはな、菅公《かんこう》が九州に流されたとき、切ないお気持ちを詠《よ》まれたものじゃ」

かたわらで縫い物をするおつやに向かって、半兵衛は「飛梅」の伝説を語りだす。

「不思議なことに、都の屋敷にあった梅木がひと晩で芽を飛ばし、菅公が繋がれた九州の屋敷に根付いたのじゃ」

すでに何度も聞かされた伝説を、おつやは生まれてはじめて耳にするような顔で聞いている。

七年前、半兵衛は先妻の死を悼《いた》んで日光詣でをした。その折、千住宿《せんじゅしゅく》の布袋《ほてい》屋《や》という旅籠《はたご》で出逢った宿場女郎が、おつやだった。半兵衛はひと目惚れし、三顧《さんこ》の礼《れい》で頼みこみ、家に迎えいれた。

「残りものには福がある。わしもおぬしも、考えてみれば、飛梅のようなものだとおもわぬか。残りもの同士がくっついて、誰もが羨むような晩節を送っておる」

「まことですね」

おつやは、糸のように細い目をさらに細めて笑う。

と、そこへ。

懐かしい顔が訪ねてきた。

「こんにちは」

日本橋の照降長屋からやってきた浅間三左衛門である。

痩せたからだに垢《あか》じみた着物を纏い、伸びた月代《さかやき》には白髪が混じっている。

時の経つのは早いもので、三左衛門も四十七になった。

「九里（栗）より美味《うま》い十三里、おつやどの、焼《や》き芋《いも》にござる」

なるほど、胸に抱えた包みからは湯気が立っている。

半兵衛はいつものように、憎まれ口を叩いた。

「ふん、安い手土産《てみやげ》で間にあわせおって。おぬし、いまだに楊枝削《ようじけず》りを生業《なりわい》にしておるのか」

「ええ、楊枝削りはお手のものですよ。されど、近頃は扇の絵付けに精を出しております。どうやら、わたしには絵の才があるらしい。いっそ、絵師にでもなろうかとおもいはじめたところです」

半兵衛が食いついた。

「どんな絵を描く」

「扇絵ですから、水墨の景色や花、虫や鳥なんぞが多いでしょうか。ま、ほんとうは写楽《しゃらく》のごとき役者の大首絵《おおくびえ》とか武者絵を描きたいのですがね」

「武者絵か」

錦《にしき》の武者絵は、半兵衛も嫌いではない。

「ところで、腰痛は癒《い》えたのか」

「ええ、ようやく。往生《おうじょう》いたしました。何しろ、まともに歩くこともできませなんだ。おまつや娘たちには迷惑を掛けました」

「かえって、よかったかもな」

「なぜです」

「みなで力を合わせ、がんばろうという気になる」

「仰《おっしゃ》るとおりです。娘たちも誰かに頼らず、自分でどうにかしようと工夫もし、忍耐強くもなります。半兵衛どのも、たまにはよいことを仰いますな」

「たわけめ、図に乗るなよ」

おつやが酒の支度をしてくれた。

三左衛門は相好《そうごう》をくずし、鬢《びん》を搔く。

「お心遣い、痛み入ります。まこと、半兵衛どのにはもったいないお方ですな」

「うるさい」

と言いつつ、半兵衛は熱燗《あつかん》を盃に注いだ。

三左衛門は盃を取り、くっとひと息に呷《あお》る。

「美味い」

「剣菱《けんびし》じゃ」

「やはり、ここに来れば美味い酒が吞める」

「ふん、お気楽なやつめ」

悪態を吐きながらも、半兵衛は楽しげだ。

三左衛門は、大根の浅漬けをかりっと齧《かじ》った。

「そういえば、桐生で八州廻りが縄を打たれたはなし、お聞きになられましたか」

「ああ、聞いた。それがどうした。八州廻りなんぞ、屑《くず》ばかりじゃ。お上もいよいよ目に余って、灸《きゅう》を据えたのじゃろう」

「女剣士の活躍があったそうです」

「女剣士か」

「雪乃どのかも」

「誰から聞いた」

「あなたの甥《おい》っ子ですよ」

「半四郎か」

「はい。半兵衛どのに伝えたそうにしておりましたので、余計なこととは知りつつも、不肖《ふしょう》浅間三左衛門が代わりに参じた次第です」

「半四郎め、近頃はいっこうに寄りつかぬ。わしを避けておるのじゃ」

「顔を見れば、子はまだかと急かされる。それが、お嫌なのでしょう」

「あやつ、雪乃のことが忘れられぬのかも」

「桐生といえば目と鼻のさき。女剣士が雪乃どのだとすれば、心穏やかではいられますまい」

「さりとて、どうにもならぬわ」

本心を言えば、甥っ子の半四郎と雪乃をいっしょにさせたかった。が、一方で、雪乃が同心のこぢんまりとした家におさまるはずがないこともわかっていた。それゆえ、遠縁で気立ての良い菜美を半四郎に娶《めと》らせたのだ。おそらく、菜美でなければ、半兵衛も月下氷人《げっかひょうじん》を買ってでなかっただろう。

ともあれ、雪乃のことをおもいだすたび、胸にぽっかり穴があいたような淋しさにとらわれる。

「江戸でふたりが再会しても、どうなるものでもないわ」

「そうですな。どうかなったら、菜美どのが可哀相です」

「だから、早《はよ》う子をつくれと言うておるのじゃ」

「さりとて、子は天からの授かりもの。端でとやかく申しても、どうにかなるものではない」

「ふん、偉そうに。おぬし、いつからわしの指南役になったのじゃ」

「ぬはは、憎まれ口を聞いて安堵しましたぞ。楽に苦しむ楽隠居、なんぞと申します。暇を持てあましたあげく、惚《ぼ》けてしまわれるのではないかと、おまつともども密かに案じておりました」

「阿呆《あほう》、おぬしなんぞより、頭は冴《さ》えておるわ」

半兵衛は怒りにまかせて酒を呷《あお》り、ふっと溜息を吐く。

「おぬし、爪をつくったことはあるか」

「爪ですか。ありませんな。うちは娘ばかりですし、古傘の骨を削る内職もやったことはありませんし」

「古傘の骨を削って爪にすると、手間賃はいくらになる」

「せいぜい、一枚で十四文ほどでしょう。爪づくりは手間賃が安いわりに、けっこう難しいと聞いたことがあります。年季の要る内職で、馴れた者でも一日に二十枚程度しかつくれぬとか」

「一日で二十枚、二百八十文にしかならぬのか」

「爪がどうかしましたか」

「別に」

つまらなそうに応じ、半兵衛は曇天を見上げた。

凪はかなり強い。

龍一郎は芝の浜辺に立ち、今日も凧をあげているのだろうか。

できることなら、またいっしょに遊びたいと、半兵衛は願った。

三

それから数日が経ち、おつやと柳島《やなぎしま》の法性寺《ほっしょうじ》へ妙見詣《みょうけんもう》でに行った翌日、半兵衛はひとりで芝浜までやってきた。

曇天に龍の角凧は泳いでおらず、がっかりしながら安楽寺の裏手へ向かう。

龍一郎が父と暮らす蛤店は、貧乏人が忙《せわ》しなく出入りする裏長屋だった。

浜風に吹かれた建物の傷みはひどく、露地裏は寒々としている。

木戸門につづく四つ辻を見やれば、洟垂《はなた》れどもが輪をつくり、ひとりの子をいじめていた。

「まるで、浦島太郎《うらしまたろう》に出てくる亀のようだな」

半兵衛は気づかれぬように、そろりと近づいていった。

果敢《かかん》にも「亀」は抗《あらが》う素振りを見せるが、敵が大勢すぎてかなわない。

それでも、挑んでいこうとする姿勢に、半兵衛は感動をおぼえた。

いじめられている「亀」とは、龍一郎のことだ。

「角凧づくりの蛸野郎《たこやろう》、丸子龍之進《りゅうのしん》は小便臭え《しょんべんくせ》。子の龍一郎も小便臭え」

洟垂れどもは大声で歌いながら、輪になってまわりつづける。

半兵衛はしばらく様子を眺めていたが、くるっと背を向けた。

たとい、相手に非があろうとも、子どものすることに口を出すのは野暮だ。

朽《く》ちかけた木戸門をくぐり、どぶ板を踏みしめる。

踏みしめるたびに、溶けた氷の軋《きし》む音がした。

父子の住む部屋は、すぐにわかった。

訪ねてみると、古傘と削り屑が散らかるなか、父親の龍之進が小刀を使い、黙々と古傘の骨を削っている。

「ほう、精が出るな」

喋りかけると、鋭い眼差しを返された。

五分《ごぶ》月代の四十男だ。瘦せていて、眸子《まなこ》が窪《くぼ》んでいる。

「何か、ご用ですか」

静かな口調で問われ、半兵衛は入れ歯を剝いた。

笑いかけたのだが、相手は表情を変えない。

「木戸門の外で、息子がいじめられておるぞ」

「存じております」

「さようか。落ちぶれた侍の子は辛いのう。ああして、毎日のようにいじめられておるのじゃ。差し出口をいたすようじゃが、あやつは見所があるぞ。棒や石を摑んで抗おうとせぬ。素手じゃ。拳ひとつで掛かっていこうとしておる。あたりまえのことのようで、なかなかできぬことじゃ」

「そうでしょうか」

「侍の子なら、剣術の手ほどきもしておるのだろう。棒を使って闘えば大将になれるやもしれぬというに、あやつはそうしない。じっと、耐えておる。健気《けなげ》なやつじゃ」

「龍一郎がどうかしたのですか」

「浜辺でな、たったひとりで凧をあげておった。いっしょに遊びたくなってな、ちと、あげさせてもろうたのよ。おぬしの作った龍の角凧をな。もっとも、これはわしとあやつの秘密ゆえ、聞かなんだことにしてくれ」

龍之進は、深々と溜息を吐く。

「拙者に何かご用でもおありですか」

「用がなければ、訪ねてはいかんのか。わしは龍一郎の目が好きじゃ。まっすぐ相手の目を見てはなす、あの素直な目がな。ああした子を育てた親の顔を、少しばかり拝んでみたくなったのよ」

「妙なおひとですな」

龍之進は立ちあがり、七輪《しちりん》を持ちだす。

「何をする」

「湯を沸かします。茶の一杯も呑んでおいきなされ」

「すまぬな。それにしても、寒い部屋じゃ。海のそばに住まずともよかろうに」

「故郷が海のそばだったもので。晴れた日もいいが、荒れた日もまたわるくない。海を眺めていると、心が安らぎます」

「おぬしの心はいつも、ささくれだっておるのか。なぜであろうかの。妻女を病で失ったからか」

龍之進はむっつり黙り、投げやりな口調になる。

「ほんとうに妙な方だ。親しくもない他人の心に、土足でずかずか踏みこんでくる」

「それが年寄りの特権じゃ。わしの名は八尾半兵衛、下谷同朋町に暮らす世話焼きの因業爺《いんごうじじい》よ」

「あなたは誤解しておられる。わたしは妻を娶《めと》ったことなどない。龍一郎は拾って養子にした子です」

「ほう、拾い子とはな。本人は知っておるのか」

「教えました」

「おぬし、子が欲しかったのじゃろう。なぜ、妻を娶らなんだ」

「そうしたお役目に就いておったのです」

うっかり口を滑らせ、龍之進は黙りこむ。

すかさず、半兵衛は切りこんだ。

「隠密御用でもやっておったのか。わしの知りあいにもおるぞ。楢林兵庫というてな、徒目付でさまざまな隠密御用に就いておった。さんざんにこきつかわれたあげく、胸を患ってな、雀の涙ほどの捨《す》て扶持《ぶち》を与えられ、役目から外された。おぬしもその口か」

「まあ、似たようなものです」

「ふうん、龍一郎は元隠密に拾われたのか。どうりで、眸子に何とも言えぬ悲しみを湛《たた》えておったわ」

悲しみの理由が知りたくなり、父親のもとを訪ねる気になったのかもしれない。

淹《い》れたての茶が出された。

半兵衛はずるっと啜《すす》り、ほっと感嘆する。

「美味い茶ではないか」

「そうですか」

「おぬしは古傘の骨を削って凧をつくり、美味い茶を淹れることもできる。それだけでも尊敬に値する。ふむ、龍一郎の言ったことばの意味がわかったぞ」

「何と言ったのです」

「大人になったら父のようになりたいと、あやつは瞳を輝かせた」

龍之進は、ぎゅっと唇もとを結ぶ。

決意を秘めたような表情が気になったが、深入りするのは避けた。

ふと、三和土《たたき》の端を見やれば、木刀が立てかけてある。

「心張《しんば》り棒《ぼう》かとおもうたら、木刀ではないか」

「刀は質に入れました。腰が淋しいので、あれを差しておるのです」

木刀は物打《ものうち》が先端まで、布切れでぐるぐる巻きにしてあった。

布を巻いた理由を問いかけようとして、ことばを呑みこむ。

これ以上詮索《せんさく》すれば、嫌われてしまいそうだ。

「美味い茶を馳走になった」

半兵衛はぺこりと頭をさげ、部屋から出た。

どぶ板を踏みながら進み、木戸口をくぐりぬけると、傷だらけの龍一郎がしょんぼり佇んでいた。

ちらりと見やり、近づいていく。

「今日は凧をあげぬのか」

龍一郎は半べそを掻き、ぼろぼろになった角凧を取りだしてみせた。

半兵衛も切ない気持ちにさせられたが、慰めることばを探しあぐねた。

「父上に叱られます」

「そうかもな」

半兵衛はうなずき、ことさら明るく告げてやる。

「よし、わしが凧をつくってやる」

「苦労しておるな」

「え、半兵衛どのが」

「おう、そうじゃ。父上もかなわぬ凧をつくってやるぞ」

「ほんとう」

「ああ」

「それなら、錦絵の角凧をつくって」

「錦絵か。よし、図柄は何がよい」

「自来也だね」

龍一郎は胸を張る。

「やっぱり自来也さ。大蝦蟇にまたがった自来也がいちばんさ」

「おぬし、盗人が好きなのか」

「自来也は、ただの盗人じゃないからね」

「日の本一の義賊じゃったな。よし、約束じゃ。自来也の角凧をつくってやろう」

「わあい、約束だよ」

「武士に二言《にごん》はない」

龍一郎の喜ぶ顔を見て、半兵衛は幸福な気分になった。

ふたりは、二度目の指切りげんまんをして別れた。

四

翌日、半四郎が訪ねてきた。

「伯父上、お久しゅうございます」

「おう、来たか」

「ご所望のもの、お持ちしました。難儀しましたぞ」

半四郎は古傘を小脇に抱え、えっちらおっちらやってくる。

「たったそれだけか」

「とんでもない。表の荷車に山ほどござる」

「ようやった。少しは気がまわるようになったの」

半四郎は横を向き、挨拶《あいさつ》に出てきたおつやに舌を出す。

「伯父上、古傘を集めて何をなされます」

「骨を削るのよ」

「骨を削ってどうなされる」

「わからぬのか。あいかわらず、傘屋の小僧じゃのう」

「何ですか、それは」

「骨を折っても叱られる。裏長屋の連中がよく口にしておろうが」

うまいことを言うなと、半四郎は感心した。

半兵衛は座ったまま、ぐっと胸を張る。

「爪を作るのじゃ」

「え、爪を」

「何本も骨を削って、修練を積まねばならぬ」

芝浜で龍一郎に出逢った経緯《いきさつ》を教えてやると、半四郎は頰を弛《ゆる》めた。

「伯父上らしい。やるとなったら、とことんやらねば気が済まぬ」

「おぬしとて、わしの血を引いておろうが」

おつやが酒の支度をととのえた。

「まだお役目の途中ゆえ、遠慮いたします」

「戯《ざ》れ言《ごと》を抜かすな。どうせ、けちな巾着切《きんちやつきり》でも追いかけておるのであろう」

「いいえ。昨夜、鎌倉河岸で浪人殺しがありましてな。廻り方が総出で下手人を追いかけておるところです」

「浪人殺しか」

「はい」

浪人の名は木之元源吾《きのもとげんご》、齢は本厄《ほんやく》の四十二、神田橋《かんだばし》御門外の丸子屋でとろろ汁を食べたあと、平永町《ひらながちょう》は蛤新道《はまぐりじんみち》にある蛤店へ帰る途中、木刀のようなもので頭をかち割られて死んだ。

「ほう、木刀で」

「見つかってはおりませんが、おそらくは木刀のたぐいですな」

半兵衛は浮かぬ顔で、じっと考えこんだ。

「伯父上、どうかなされましたか」

「なぜ、丸子屋のとろろ汁が出てくるのじゃ」

「それはたぶん、木之元なる浪人者が好きだったからでしょう。丸子屋の女将に聞いたところ、三日に一度は来ていたそうですから」

「ひとりでか」

「ひとりのこともありましたし、女を連れていたこともあったとか」

「女」

「伯父上好みの柳腰、三十代の年増ですよ」

「ふうん、柳腰か」

「やはり、気になりますか」

「どうでもよいわ。木之元某は、蛤店に住んでおったのだな」

「ええ。蛤店というのは、俗称ですけどね。大家に聞きましたところ、木之元は三年前まで幕臣であったとか。独り身で請人《うけにん》もおらず、当初は警戒したものの、家賃一年分を前払いすると言うので、一も二もなく部屋を貸したそうです」

半兵衛は何かをおもいだし、唐突《とうとつ》に膝を打つ。

「そうじゃ」

「こんどは、どうなされました」

「木刀を見たような気がしておった。さっきはなしたであろう。内職で凧をつくる浪人のこと。そやつ、刀を質屋に売って、代わりに木刀を携えておるのさ。その木刀、三和土の端に立てかけてあったのじゃが、物打が切っ先まで布切れでぐるぐる巻きにされておった」

「木刀を携えているからといって、下手人とはおもえませんが」

「そやつ、姓名を丸子龍之進と申すのよ」

「丸子」

「そうじゃ。出身は聞かなんだが、丸子の出かもしれぬ」

「ふっ、とろろ汁を食わせる丸子屋と関わりがあるとでも」

「もうひとつある」

「何ですか」

「そやつの住む裏長屋の俗称が、蛤店と申すのだ」

「芝の蛤店に住み、刀の代わりに木刀を携える丸子龍之進ですか。なるほど、伯父上が関心を持たれるのもわかりますが、ただの偶然でしょう」

「偶然が三つも重なるか」

「わたしは調べませんよ。お調べになりたいのなら、ご勝手に」

「偉そうに抜かしおって」

渋い顔をする半兵衛を横目に、半四郎は盃を呷る。

「ぷふう。日中の酒は臓腑《ぞうふ》に沁《し》みますなあ。お、そうだ。肝心なことを喋っておりませんでした」

「何じゃ」

「殺された木之元は、浪人貸しをしておりました」

「浪人貸し」

「はい。五両一まがいの高利で誰彼かまわず貸しつけていたらしく、長屋にも何人か借り手がおりました。木之元は身の丈六尺の大男、腕っ節が強かったので取りたてはけっこう厳しく、借りたことを後悔する者も多かったとか」

「恨みを買っていたと申すのだな」

「はい。みなで手分けして、借りた連中をあたっておるのですが、はたして、まわりきれるかどうか」

「寝言をほざくな。廻り方は足で稼いでなんぼじゃろう」

「それが、借り手はざっと五百人を超えております」

「えっ」

さすがの半兵衛も、借り手の多さに驚いた。

貸金はおおむねひとり三両から五両なので、単純に勘定しても貸付の総額は二千両に達する。浪人貸しにしては、規模が大きすぎると言わざるを得ない。

「調べるべきは、元本《がんぽん》の出所じゃな」

半兵衛はすっかり、同心の顔つきになっている。

「大家が申すには、おそらくは三年前に御家人株を売った金を元手に浪人貸しをはじめたのではないかと。されど、御家人株は高く売れても二百両がいいところです。動かしている金額の桁《けた》がちがう。伯父上の仰るとおり、わたしも出所が怪しいと踏んでおります」

「で、調べたのか」

「いいえ、これから」

「牛のように鈍いのう」

「古傘なんぞを集めていたからですよ」

「わしのせいにするのか」

「いけませぬか。ま、伯父上はせいぜい、立派な爪でもおつくりください」

「あたりまえだ。おぬしごときに言われたかないわ」

ついでに、早く子をつくれと言いかけ、半兵衛は口を閉じた。

雪乃のことが脳裏を過《よぎ》ったのだ。

半四郎も必死に忘れようとしているにちがいない。

どうせ、おぬしのもとへは戻ってこぬ。きれいさっぱり忘れてしまえと、水を差すようなことを言っても、詮無《せんな》いはなしだ。

菜美と仲良くやればいい。

とにもかくにも、かすがいとなる子を早くつくらねばならぬ。

「伯父上、酒がこぼれておりますぞ。どうかなされましたか」

ここで憎まれ口のひとつも出てこぬようでは、半四郎も淋しかろう。

「ふん、半人前のひよっこめ。せいぜい、気張るがよい」

去りかけた甥の背中に掛けたことばには、いつもの歯切れのよさが感じられなかった。

五

正午。

神田橋御門外、丸子屋。

とろろ汁を啜っている女がいた。

ずるずる、ずるずる。

年の頃なら三十路《みそじ》の手前、荒れた肌に厚化粧を塗っている。

春をひさぐ女であろう。

よく見れば鼻筋の通った賢そうな顔をしており、立ち居振る舞いに優雅さすら感じられる。切れ長で細い目が、どことなく、おつやに似ていた。

だからであろうか。目が離せなくなった。

ずる、ずるずる。

妙に色っぽい。

年増がとろろを啜る様子が、これほど色っぽいものだとはおもわなかった。

女は腹が満たされると、女将と親しげに挨拶を交わし、銭を払い、丁寧にお辞儀をしてから出ていく。

半兵衛も慌てて席を立った。

「女将、勘定をここに置くぞ」

言いおいて外に飛びだし、躓《つまず》いて転びかける。

「おっとっと」

たたらを踏んだそのさきに、女の後ろ姿が見えた。

「柳腰か」

直感がはたらいた。

殺された木之元某が連れていた女かもしれない。

「追うぞ」

同心魂《だましい》が頭をもたげた。

女は浪人殺しのあった裏通りを避けるように迂回《うかい》し、八《や》ツ小路《こうじ》から柳並木のつづく神田川の土手下を歩いた。

さらに、両国広小路を突っきり、大橋《おおはし》を小走りに渡りきる。

たどりついたさきは本所一ッ目《ほんじょひとつめ》弁天《べんてん》の裏手、淫靡《いんび》な雰囲気の漂う岡場所だった。

安価な切見世《きりみせ》が居並ぶ小便臭い小路を抜け、どんつきに建つ黒板塀の仕舞屋《しもたや》に消えていく。

半兵衛は迷ったすえ、表の板戸を敲《たた》いた。

「どなたでしょう」

内から、震えたような声が聞こえてくる。

半兵衛は空咳をひとつ放ち、声を張った。

「客じゃ。ここを開けよ」

そろりと板戸がひらき、女が隙間から覗く。

半兵衛のすがたをみとめ、ほっと肩の力を抜いた。

「安堵したか。ご覧のとおり、ただの爺じゃ。ふん、提灯で餅《もち》を搗《つ》くと小莫迦にするがいいさ」

女はきょとんとし、弾けたように笑いだす。

「ほほ、おほほ」

「何を笑っておる」

「おもしろいご隠居さまですね」

「入れてくれ」

「ようございます。散らかしておりますけど」

敷居をまたぐと、帳場格子《ちょうばごうし》のある六畳間があった。

大福帳《だいふくちょう》などが壁にぶらさがり、神棚には白い御神酒徳利《おみきどっくり》が並んでいる。

格子の内に置かれた長火鉢《ながひばち》には、炭がはいったばかりのようだ。

部屋のなかは寒々としている。

「すぐに暖まりますよ。さ、履き物を脱いでこちらへ」

格子の内に招かれ、座布団《ざぶとん》のうえに座らせられた。

分厚い座布団に座るのは、赤い綿入れを着せられた還暦祝《かんれきいわ》いのとき以来だ。

「今、お燗をしますね」

「お、頼む」

長火鉢に刺さった五徳《ごとく》のうえに、南部鉄瓶《なんぶてつびん》が置かれた。

湯が沸くまでは、けっこう間がある。

半兵衛は、ゆったり喋りはじめた。

「おまえさん、切見世の抱え主かい」

「ええ、雇われですけど。二年前に年季が明けて、やってみないかと誘われたんです。どうせ、ほかに行くところもないからお受けしたんですけど。抱え主って言うより、ただの店番なんです」

「名は」

「おこうと申します」

「おこうか。出は」

「うふふ、根掘り葉掘り聞きたがるんですね」

「それが年寄りの特権じゃわい」

「生まれは藤枝《ふじえだ》ですよ」

半兵衛は、ぴくっと片眉を吊りあげる。

「藤枝と申せば田中藩《たなかはん》か。丸子に近いな」

「あら、丸子が藤枝に近いんですよ」

「そうも言うな。丸子と申せばたしか、鎌倉河岸にとろろ汁を食わせる見世があったじゃろう」

「ありましたっけ」

おこうはとぼけてみせ、肴《さかな》の支度をしに席を立つ。

「じつはな、女郎買いにきたわけではないのじゃ」

「え、それじゃ、何をなさりに」

「木之元源吾と申す浪人を知っておろう。あやつに金を借りておってな」

おこうは少し戸惑ったすえ、固い口調で問うてきた。

「いくらお借りになったのですか」

「五両じゃ。利息を乗っけて返そうとおもったが、あやつ、死んでしまいよった」

「よかったじゃありませんか。あの世でお金を貰っても、使い道はないでしょうし」

「そうはいかぬ。借りたものは返す。それがわしの信条でな。伝手《つて》をたどってたどりついたさきが、おぬしのところというわけさ」

半兵衛は口からでまかせを並べ、懐中から財布を取りだす。

おこうは慌てた素振りをみせた。

「困ります。こんなところで、財布をひろげてくださりますな」

「そうはいかぬ。木之元は、おぬしの情夫だったのであろう」

「え」

否定もしない。

鎌《かま》を掛けたつもりが、図にあたった。

「燗もついた。一杯、貰おうか」

「あ、はい」

おこうは燗を確かめ、ちろりを鉄瓶から抜きとる。

半兵衛は白磁《はくじ》の盃を取り、注がれた酒をひと息に呷った。

「ほっ、下りものではないか」

「満願寺《まんがんじ》ですよ」

「返杯といこう」

おこうは拒まず、両手で盃を押しいただくや、すっとかたむける。

「その呑みっぷり、気に入った」

何杯か差しつ差されつすると、おこうの頬はぽっと朱に染まった。

何やら、涙ぐんでいる。

半兵衛は黙り、根気よく待ちつづけた。

「わたしって、何でこんなに不運なんだろう」

おこうは畳をみつめ、ぼそりと漏らす。

半兵衛は、できるだけ優しく語りかけた。

「おもいのたけを吐いてみよ。そうすりゃ、少しは気が晴れる」

「聞いていただけますか」

「無論じゃ」

「では」

おこうは膝を斜めにくずし、みずからの生いたちから語りはじめた。

実家は藤枝の裕福な商家であったが、八年前、とある出来事を契機に家を飛びだしてしまったという。

「十七のころより、田中藩の奥向きで女中奉公をしておりました。そのとき、勘定方の吉沢銑十郎《よしざわせんじゅうろう》さまとよしみを通じるようになり、武家の嫁にしたくない親の反対を押しきって吉沢さまのもとへ嫁ぎました。一年経って望んでいた男の子が生まれたとき、突然の不幸に見舞われたのです」

夫の銑十郎が公金横領の疑いをかけられ、詮議の途中で腹を切った。

「あのひと、気の弱いところがありました。疑いを掛けられたというだけで、お腹を召してしまわれたのです。詮議役の橋爪冬馬《はしづめとうま》さまも仰いました。やってもいないのに、早まったことをしてくれたと」

橋爪という詮議役は線香をあげに訪れ、自分のせいで吉沢は死んだ、ほんとうに取りかえしのつかないことをしたと、泣きながら謝ったらしい。

「真面目なお方です。なるほど、詮議なさったのは橋爪さまでしたが、それはお役目にしたがっただけのこと。橋爪さまのせいで夫が死んだわけではないと、わたしは心からおこたえ申しあげました」

横領の件は決着をみないまま、無実の銑十郎が罪をかぶったかたちになった。吉沢家は改易《かいえき》とされた。横領の下手人としてではなく、何ひとつ申しひらきもせず、詮議の途中で腹を切ったことが不届《ふとど》きとされたのだ。

吉沢家と縁の切れたおこうは、乳飲み子を抱いて実家に戻った。が、実家でもまた、とんでもない不幸に見舞われた。

「双親《ふたおや》に子を奪われたのです。罪人の血が流れた子を家に置いておくわけにいかない。世間に顔向けできないと父は言い、奉公人に申しつけて鎮守《ちんじゅ》の杜《もり》へ捨てさせたのです。捨てた場所を聞きだせたのは、丸一日経ったあとでした。山狗《やまいぬ》も徘徊《はいかい》するという杜のなかを、わたしは狂ったように捜しまわりました」

乳飲み子はみつからず、怒り心頭に発したおこうは親を捨てた。

う。

「それからは、転落の一途でした」

稼ぎの手蔓《てづる》を求めて宿場の旅籠などを転々としたが、阿漕《あこぎ》な男に騙されて岡場所に売りとばされた。そして、何年か経って落ちついたさきが本所であったとい

「木之元さまはわたしを見込んでくださり、女郎稼ぎの年季が明けると、ここに置いてくれました。とろろ汁の丸子屋を教えてあげたのは、わたしです」

おこうは涙目で、にっこり笑ってみせる。

「あのひとはえらく見世を気に入り、三日に一度は食べにいっていたようです」

「木之元源吾が、切見世の抱え主だったのか」

「わたし、ずっとそうおもっていました。でも、どうやら、ちがったみたいで」

「と、言うと」

「木之元が殺《あや》められた翌日、頭巾をかぶったお侍が訪ねてきました。弔《とむら》い金だと言って十両をそこに置き、今までどおり、切見世の切り盛りを頼むと仰ったのです」

「つまり、その頭巾侍が抱え主であったと」

「はい。でも、それだけではありません。その方は浪人をひとり連れておりまし

た。長谷川亀介《はせがわかめすけ》という方で、以前、いちどだけ木之元に引きあわされたことがありました。木之元といっしょのときは、ものの見事にうらぶれておいでで。ご飯を櫃《ひつ》ごと食べ、食欲ばかりか、あちらのほうも旺盛《おうせい》で。切見世のおなごたちを片端から、それはもう凄まじい腎張《じんば》りぶりでした」

その長谷川亀介が頭巾侍にともなわれてあらわれ、こざっぱりした顔で「今日から木之元の代わりはわしがやる。よろしく頼む」と、頭をさげた。おこうは何が何だかわからぬまま、今もこうして帳場に座っているのだという。

「ここから出ていくにしても、せめて喪《も》が明けるまではとおもいまして」

「辛かろうな」

半兵衛は財布から小判を抜き、板間に並べはじめた。

「ひい、ふう、みい、よう、いつ。これは弔い金じゃ。借りた金はまたいつか返す」

「けっこうです。どうせ、高利で貸したお金。木之元も誰かが金を返せずに首を縊《くく》るのではないかと、いつも案じておりました」

「ふうん。木之元源吾とは、高利貸しに向かぬ男だったようじゃな」

もしかしたら、優しすぎる性質のせいで命を縮めたのかもしれないと、半兵衛は勘ぐった。

「おこうよ、よくぞはなしてくれたな」

「こちらこそ、胸の裡《うち》を聞いていただいたら、何やらすっきりいたしました」

「そいつはよかった。わしの名は、八尾半兵衛じゃ。下谷同朋町で鉢植えをこさえておる」

「鉢植えを」

「ああ。今は梅じゃ。天神さまの境内で求めた飛梅が、今が盛りと咲きほこっておる。愛でにくるがよい」

「え」

「これも何かの縁じゃ。困ったことがあったら、いつでも訪ねてこい」

「そんな……」

おこうは、ぐっと感極まってしまう。

「……見も知らぬお方に、そのような優しいおことばを掛けていただくなんて」

「困ったときはおたがいさまじゃ。おぬしは、まだ若い。わしにしてみれば、よちよち歩きの赤子も同然じゃ。その気になれば、何だってできる。できるはずの芽を潰すのは罪じゃ。のう、わかったか」

「はい」

「よし、もう一杯注いでくれ」

「あ、はい」

注がれた盃に口を寄せ、少し冷めかけた酒を呑む。

満願寺の下りものが、何やら苦い味に感じられた。

六

切ない心持ちを抱えつつ、本所一ツ目を離れ、大橋を渡って両国広小路に達する。

いつのまにか、八つ刻（午後二時）になっていた。

あいかわらず、広小路は賑わっている。

葦簀《よしず》張《ば》りの茶店や食い物屋、菰掛《こもが》けの見世物小屋などが所狭しと並び、大道芸人たちが珍妙な技を競いあっている。獅子舞《ししま》いやら籠抜《かごぬ》けやら輪鼓廻《りゅうごまわ》しやらがおり、なかでも、六尺の六角棒を自在に操る浪人者のまわりには人垣ができていた。

「はっ、ほっ」

頭上で棒を旋回させ、見物人の鼻先すれすれで払ったり、娘の髷飾《まげかざ》りを風で飛ばしたり、そのたびに悲鳴や歓声が沸きおこる。

半兵衛は関心もしめさず、ちらっと見ただけで通りすぎた。

耳許で火吹き男に火を吹きかけられても、ろくろ首に舌で顎を舐められそうになっても、いっこうに動じることもなく、矍鑠《かくしやく》とした足取りで歩きつづける。

自邸のある下谷同朋町へ戻るには、神田川を越えねばならない。

古着屋の並ぶ土手下を行き、途中の新シ橋《あたらしばし》か和泉橋《いずみばし》を渡るのだ。

考えごとをしながら新シ橋を通りすぎ、和泉橋も通りすぎようとしたとき、後ろから誰かに声を掛けられた。

「待たれい。そこのおひと」

振りむけば、厳《いか》つい顔の浪人が佇んでいる。

「わしに用か」

半兵衛が自分の顔を指差すと、浪人は面倒くさそうにうなずいた。

年は四十前後、腰に差した両刀のほかに長い六角棒を携えている。

「おぬし、広小路で棒術を披露《ひろう》しておったな」

「さよう。わしは無双流棒術師範《むそうりゆうぼうじゆつしはん》、長谷川亀介だ」

「長谷川亀介じゃと」

「やはり、おこうから聞きおよんでおったか。おぬし、何者だ」

「八尾半兵衛、下谷同朋町の隠居爺じゃ」

「鎌倉河岸の丸子屋で、とろろを啜っておったろう。見世からおこうのあとを跟《つ》け、本所一ツ目弁天の裏手へ行ったな。そして、女郎買いもせず、おこうと何やらはなしこんでおった」

「おぬし、ずっと尾けておったのか」

「そうよ、怪しいとおもってな」

「ふん、ご苦労なことじゃ」

「おこうに何を聞いた」

「別に、たいしたはなしではない。抱え主が代わったはなしと、あとは身の上話じゃ」

「身の上話」

「おこうは十七のころ、田中藩の奥女中じゃった」

「え、奥女中だったのか、あのおなご」

「知らぬのか」

「ああ、知らぬ。別段、知りたくもないがな」

長谷川という新たな抱え主がおこうの過去を知らないことに、半兵衛は少なからず驚きをおぼえた。

「あのおなご、ほかに何を喋った」

「別に。木之元源吾殺しについては、何も喋っておらぬぞ」

入れ歯を剝いて笑いかけると、長谷川は顔を朱に染めた。

不都合なことを聞いて、途端に顔色を変える。わかりやすい男だ。

「ひょっとして、おぬしが殺《や》ったのか」

「何だと」

「その六角棒で頭をかち割ったのかと聞いておる」

長谷川は小鼻を張って息を吸い、無理に自分を落ちつかせた。

「やはり、ただの隠居ではないな。木之元殺しを調べておるのか」

「まあな」

「いったい、誰に頼まれた」

「誰にも頼まれておらぬさ」

「正直に吐かぬと、命を縮めるぞ」

「見てのとおり、片足は棺桶《かんおけ》に突っこんでおる。いつなりとでも、常世《とこよ》へ逝く覚悟はできておるわい」

「あっさり死ねるとおもうなよ」

「くほほ、わしを脅すのか。何の益もないぞ」

「妙な憶測はせぬほうがよい。子や孫にも累《るい》はおよぶぞ」

「あいにく、子も孫もおらぬ。妻女はおつやと言うてな、肝《きも》の据わったおなごじゃ。わしとともに死ぬことができれば、本望じゃと申すであろう」

「くそっ、ああ言えばこう言う。やりにくい爺だ」

「やりにくいついでに教えてくれ。なぜ、木之元を殺った」

「喋るか、阿呆」

長谷川は腰を落とし、六角棒を青眼《せいがん》に構える。

「せいや……っ」

通行人が驚くほどの気合いを発し、ぶんと棒を払ってみせた。

半兵衛は岩のように佇んだまま、微動だにしない。

むしろ、長谷川のほうがたじろいだ。

「糞爺め、武道の心得があるのか」

「ああ。未熟者め、その程度の技で粋がるでない」

「何だと、この」

「怒ったか。ほれ、糞爺の頭をかち割ってみよ」

半兵衛はすっと身を寄せ、頭を差しだす。

刹那《せつな》、六角棒が唸りをあげた。

――ぶん。

すかさず、半兵衛は身を沈める。

旋風が白い髷を揺らし、後ろに通りすぎていった。

「ぬぐっ」

つぎの瞬間、長谷川亀介は白目を剝いた。

半兵衛の突きだした右の拳が、鳩尾《みぞおち》に深々と埋めこまれている。

どっと倒れた男の顔を覗き、かたわらに転がった六角棒を拾った。

棒の先端を見やれば、拭いさることのできない血が染みこんでいる。

「下郎め」

失神した男に向かって、半兵衛は六角棒を投げつけた。

この間抜けではなく、鵜飼《うか》いの頭巾侍を捕らえねばなるまい。

半四郎ならば、余計なことに首を突っこむなと諭《さと》すであろう。

「ふん、うるさいわ」

何気なく振りむけば、向両国《むこうりょうごく》の空に凧が泳いでいる。

「あれは」

白地に朱で「龍」の字が大書された角凧だ。

半兵衛はなぜか、不吉な予感にとらわれた。

七

二日後、如月《きさらぎ》二日。

今日は奉公人の出代《でが》わり、越後や信濃《しなの》から出稼ぎにきた「椋鳥《むくどり》」たちが故郷へ一斉に帰る日でもあり、江戸市中は何やら忙《せわ》しない。

半兵衛は無病息災を祈念しながら、おつやに灸を据えてもらった。

すっきりした心地で古傘の骨を削っていると、半四郎がひょっこり顔を出した。

「伯父上、いかがです。凧はできましたか」

「できぬ。これがやりはじめると、なかなか難しゅうてな」

「馴れないことは、おやめなさい」

「そうはいかぬ。龍一郎と指切りげんまんしたのじゃ」

「どうせ、忘れておりますよ」

「何を抜かす」

半兵衛は目を剝いた。

「九つの子が、大人と交わした約束を忘れるとおもうか」

「い、いいえ」

「おぼえておるか。おぬしが九つのとき、わしと交わした約束を」

忘れようはずもない。昨日のことのようにおぼえている。

嫌いな人参《にんじん》を食べれば、銀流しの鉄十手に触れさせてくれると、半兵衛は約束したのだ。

「どうじゃ、忘れたか」

「いいえ、はっきりとおぼえております。あのとき、伯父上が約束を果たしてくださったからこそ、今のわたしがある。伯父上は仰いましたね。この鉄十手は正義の証《あか》し、触れた者は正義に殉《じゅん》じなければならぬ。伯父上は九つのわたしにそう諭され、豪快に笑われた。あのときに頂戴したことばは、生涯忘れられませぬ」

「さようか」

ふむふむと満足げにうなずき、半兵衛は涙ぐむ。

「わしはな、大人との約束は破っても、子どもとの約束は破らぬ。かならずや、立派な凧をつくってみせる」

「水を差すようですが、凧の絵はどうなされます。たしか、龍一郎が望んだのは、自来也の錦絵でしたな」

「わしも、それで往生しかけた。されど、切羽詰《せっぱつ》まると良い考えが浮かぶものよ」

「浮かんだのですか」

「ああ。浅間三左衛門に頼んだわ」

「え、浅間さんに」

「あやつ、絵心があってな。自来也を描けるかと聞いたら、北斎《ほくさい》より上手に描けると大法螺《おおぼら》を吹きよった」

「ふへへ、そいつは楽しみです。何やら、わくわくしてきました」

「ところで、何用じゃ」

「は、じつは今朝ほど、本所一ッ目弁天の境内で、何者かに撲殺《ぼくさつ》された屍骸《むくろ》が見つかりましてな」

「何じゃと」

一ツ目弁天と聞き、半兵衛は驚いた。

「まさか、その屍骸、遊女のものではあるまいな」

「ちがいますよ。四十前後の浪人で、名は長谷川某」

「何と」

半兵衛は、ことばを失う。

「伯父上、どうかなされましたか」

「なされたどころのはなしではないわ」

半兵衛は、昨日の経緯をかいつまんで喋った。

「なるほど、殺された長谷川某が棒術の遣い手で、木之元殺しの下手人だったと、そう伯父上は推察なされたわけですな」

「ああ、そうじゃ。木之元も長谷川も、ただの食い詰め者であった。頭巾の男が、あやつらに高利貸しをやらせていたのじゃ。ひょっとしたら、ほかにも同じような浪人者がいるのかもしれぬ」

「おのれの手は汚さず、浪人どもから高利貸しで儲けた分を吸いあげている悪党がいると」

「そういうことじゃ。木之元源吾はな、高利貸しになるには優しすぎる性質であった。それが災いし、命を縮めたのやもしれぬ」

「何らかの不都合が生じ、後釜に座った長谷川に殺められた。それが伯父上の描く筋書きですな」

「さよう」

半四郎は、口を尖らせる。

「されば、長谷川を殺ったのは」

「わからぬ。いったい誰が、何のために殺ったのか。さっぱり、わからぬ。わしとて混乱しておるのじゃ」

「ともあれ、おこうというおなごにあたってみましょう。何かわかるかもしれませんからな」

「ああ、そうしてくれ。おこうの身も案じられる」

「では」

半四郎は腰をあげかけ、手にした包みを開く。

「おっと、忘れるところだ。これが弁天さんの境内に落ちておりました」

「ん」

凧であった。

「破れ凧か」

「ひょっとして、見掛けたことのある凧かとおもいましてね。それで、お持ちしてみたのです」

半兵衛は、破れた凧を床にひろげてみた。

表は白地に赤い龍、裏は六本骨に六本糸目の中張り。

まちがいない。芝浜でも、向両国の空でも見掛けた角凧だ。

「伯父上、見おぼえがおありのようですな」

「ない」

「え」

「江戸は広い。同じような凧なら、いくらでもあるわ」

「それはそうでしょうけど。いちおう、調べてみますので、丸子龍之進とかいう浪人の住処を教えてくだされ。たしか、芝にある蛤店でしたな。何処《どこ》の町内です」

「知らぬ」

「忘れたわ。知りたければ、芝浜で空を見上げ、龍の角凧を探すしかなかろう」

「えっ」

「教えていただけぬと。わかりました。では、失礼つかまつる」

「おう、行け。何でもいいから、手柄をあげてこい」

半兵衛は去りゆく甥の背中を見つめ、自分でも驚くほど動揺していた。

八

一朶《いちだ》の雲もない晴天だった。吹く風は冷たい。

わざわざ足を延ばしてみたが、芝浜に龍の角凧はあがっていなかった。

浜辺にも露地裏にも、蛤店の木戸門にも龍一郎の影はなく、半兵衛は少しばかり安堵した。

逢いたいのは山々だが、当面は約束を果たせそうにない。

削り屑で散らかった部屋を訪ねてみると、戸は開いたままであったが、龍之進はいなかった。

三和土の端には、先端を布切れで包んだ木刀が立てかけてある。

半兵衛は手を伸ばしかけ、おもいとどまった。

上がり端に座り、削りかけの傘の骨を拾い、ふんふんと感心しながら眺めていると、人の気配が近づいてきた。

「また、あなたですか」

丸子龍之進が、迷惑そうな顔で佇んでいる。

「ふふ、すまぬな。龍一郎に爪をつくってやる約束をしたが、なかなかうまくいかぬのよ。古傘の骨をこれだけ細く均等に削るのに、どれほど修練せねばならぬ」

「まず、二年は掛かりましょう」

「げぼっ、そんなに掛かるのか」

「爪づくりは奥が深い。拙者なんぞはまだ駆けだしです」

「謙遜《けんそん》するな」

「いいえ、ほんとうですよ。わたしはせいぜい、縦二尺横一尺三寸の角爪しかつくれません。爪職人のなかには、六尺爪をつくる者もおります。十本の骨に十七の糸目など、ご想像もできますまい」

「ふむ、そうじゃな」

「しかも、爪の頭には長さで一番骨の二倍におよぶうなりが付きます」

「うなりとは、空気を裂いて音を出させる仕掛けじゃな」

「はい。うなりはたいてい、鯨《くじら》の髭《ひげ》でつくります。ぶーんぶーんという風切音は、一里四方まで届くのですよ」

半兵衛も何度か、耳にしたことはある。

真下にいると、胸が躍るような迫力だった。

「六尺凧なら、人を乗せて飛ばせるやもしれぬ」

「かもしれませぬな」

「おぬしの説明を聞いておったら、何やら自信がのうなってきたわい。無謀な約束をしたかのう」

「龍一郎もわかっておりますよ」

「え」

「ま、どうぞ」

半兵衛は誘われ、雪駄《せった》を脱いだ。

龍之進はさっそく、茶の支度をする。

「さっきのはなし、どういうことじゃ」

「龍一郎が、あなたと約束を交わしたはなしをしてくれました。約束はしたものの、きっと、まともに飛ぶ凧はつくれまい。それでも、くれるというものは貰っておこうなどと申しておりました」

「ふん、生意気なやつめ」

「九つの子に闘志を燃やしておられるのか」

「あたりまえだ」

「ふはは、おもしろい御仁だ」

「おぬし、笑《わろ》うたな」

「言われてみれば、笑うことすら忘れておりました」

半兵衛はうなずき、さり気なく問いかけた。

「おぬしが笑いを忘れた理由、聞かせてもらえぬか」

「理由などありませんよ。日がな一日、古傘の骨を削り、紙を貼って糸を付ける。その繰りかえしです。笑う機会もありません」

「おぬしはなぜ、こうした暮らしに逃げこんでおるのじゃ」

「語ったところで、つまらぬはなしです」

「よいから、教えてくれ」

半兵衛の執拗《しつよう》さに、龍之進は折れた。

「されば、お聞きください。わたしはそもそも、駿河国田中藩の横目付《よこめつけ》をしておりました。ご存じのとおり、横目付は藩士の粗探しをし、見つけ次第、捕縛するのがお役目、いわば嫌われ者です」

隠密御用に勤《いそ》しみ、命の危険にもさらされるため、うっかり妻を娶ることもできなかった。龍之進はそうした役目がほとほと嫌になり、上役に何度となく役目替えを願いでた。そして、ついに望みがかない、あと三月で役目から逃れられるとおもったやさき、厄介な出来事は勃《お》こった。

「勘定方に公金横領の疑いが発覚し、横目付としては最後のお役目と心得、勘定方を厳しく詮議せよとの命がくだされたのです」

龍之進は寝る間も惜しんで必死に調べ、真相を摑みかけた。

横領をやったのは、その勘定方ではなく、上役の組頭《くみがしら》だった。

「されど、証拠はありません。勘定方はあきらかに、上役の罪をかぶっていた。にもかかわらず、知らぬ存ぜぬで押しとおし、厳しく追及したところ、自刃して果てたのでござる」

半兵衛の心ノ臓が、どきんと鼓動を打った。

おこうの語ったはなしを、おもいだしたのだ。

もしかしたら、ふたつのはなしは鏡に映った表と裏ではないのか。

「通夜の晩、お悔やみに伺うと、人影はまばらで淋しいものでした。新妻が乳飲み子を抱え、弔問客《ちょうもんきゃく》への応対をされておられた。わたしは妻女のお顔を拝見し、もう少しで腰を抜かしそうになりました。なぜなら、その方はわたしが白眼視され、藩士たちに毛嫌いされるなかで、唯一、優しいことばを掛けてくれた奥女中だったのです」

淡い恋心さえ抱いた相手が、自刃させた勘定方の妻女であった。

「何という偶然でしょう。運命のいたずらとしか言いようがありません。わたしは心を乱したまま、妻女に謝りつづけました。すべては自分のせいだ。夫を自刃に追いこんだ罪は償《つぐな》わねばならぬ。涙すら浮かべて謝ると、妻女はわたしの手を握り、いっしょに泣いてくれたのです。あなたは少しも悪くない。そう言ってくださりました。嗚呼《ああ》、こんなにも優しく善良なおなごを、不幸にしてしまったのか。わたしはその瞬間、真の悪党を捕まえてやろうと、心に固く誓ったのです」

そして、苦労のすえに、横領の証拠を見つけた。

下手人の名は粕壁蔵人《かすかべくらんど》、おもったとおり、自刃した勘定方の上役にあたる組頭にほかならなかった。

龍之進は怒りを抑え、ほっと力を抜く。

「龍一郎は、切腹した勘定方の子です」

「え、そうなのか」

「はい。母方の実家にいったん引きとられたものの、すぐに捨てられたのです。わたしは実家の商家を訪ねたおり、たまさかそれを目にしてしまった。商家に仕える奉公人が乳飲み子を抱え、鎮守の杜へ向かうのを見たのです」

龍之進は胸騒ぎを覚え、急いであとを追いかけた。

「杜には山狗が徘徊している。捨てられたらひとたまりもないと、わたしはおもいました」

「それで、拾ったのか」

「はい」

「なぜ、母親の手に戻さなんだ」

「戻しても、また捨てられるとおもったのです。それに、天からの授かりものだと感じました。拾った子を抱きしめ、わたしは誰にも渡さぬと叫んでいた。とんでもない男です」

龍のように雄々しく育ってほしいと願い、乳飲み子に「龍一郎」と名を付けた。

それから八年、ここまで懸命に育てあげたのだという。

半兵衛は、静かに問うた。

「出奔は罪の意識に駆られたからか」

「それもあります」

「と、いうと」

「横領の下手人である粕壁蔵人が、盗み金を抱えて出奔したのです。わたしは生涯掛かっても粕壁を追いつめ、罪を償わせる覚悟をきめました。爾来《じらい》、八年もの歳月が流れ、いまだに大願は成就せず」

いいや、この男は横領犯を見つけたのだと、半兵衛はおもった。

だが、そのことは言うまい。憶測を口にして逃げられたら困る。

本人に質《ただ》したところで、正直にはこたえまい。長屋から父子が消えてしまえば、龍一郎との約束は永遠に果たせなくなってしまう。

「丸子龍之進は、本名ではないな」

「いかにも。出奔したのちに付けた名でござる」

「ちなみに、本名は何と申す」

「それを聞いて、どうなされます」

「いや、こたえたくなければよいのじゃ。別段、深い意味はない」

「そうですか」

龍之進は名乗ろうとせず、苦笑しながら茶を淹れてくれた。

「見ず知らずの方に、つまらぬはなしをお聞かせしてしまいました」

「何の」

半兵衛は暖を取るように茶碗を包み、ずるっとひと口啜る。

「美味いな。わしは、この茶を呑みにきたのかもしれぬ」

「茶くらいなら、いつでもどうぞ」

「また、来てもよいのか」

「無論です。龍一郎との約束も果たしていただかねばなりますまい」

「ふふ、嬉しいことを言うてくれる」

「もうすぐ、手習いから戻ってまいりましょう。あれの顔を拝んでおいきなされ」

「いいや、凧ができるまでは逢うまい。今日のことは内密にしてほしい」

「承知いたしました」

「されば、よしなに」

「あの」

去りかける半兵衛の背中に、小さく声が掛かった。

「わたしの本名は、橋爪冬馬と申します」

「ふん、さようか」

内心の動揺を押しかくし、半兵衛はつまらなそうに相槌《あいづち》を打つ。

「されば、また逢おう」

「お気をつけて」

どぶ板を踏みつけ、木戸口から外へ出ると、意外な人物が待ちかまえていた。

「伯父上」

黒羽織《くろばおり》を纏った定町廻り、半四郎であった。

九

金杉橋を渡って芝神明町《しんめいちょう》にいたるまで、ふたりはひとことも喋らずに歩きつづけた。

「伯父上、そこの裏手にねぎま鍋を食わせる居酒屋があります。いかがです、一杯飲《や》りながら」

「お、いいな」

ふたりは旋風《つむじかぜ》の吹きぬける露地に踏みこみ、手垢で汚れた見世の暖簾を振りわけた。

八つ刻なので、さほど混んでもいない。

半四郎は大股で奥へ進み、衝立《ついたて》で仕切られた席に半兵衛を導いた。

「親爺、熱燗と、ねぎま鍋をふたつ。奴《やっこ》もな」

「へい、まいど」

熱燗が出されるまで、ふたりは居心地悪そうにしていたが、酒がはいると舌のまわりもよくなりはじめた。

「わしを尾けたな」

「ええ。そうするしかなかったもので」

「一ツ目弁天の切見世には行ったのか」

「おこうはおりませんでした」

「そうか。やはりな」

木之元源吾につづき、長谷川亀介も無残な死を遂げた。

おこうは身の危険を感じて、何処かへ逃げたのだろう。

「おそらく、着の身着のままではないかと」

「可哀相に」

親爺が小鍋仕立てのねぎま鍋を運んでくる。

文字どおり、ねぎまとは葱《ねぎ》と鮪《まぐろ》のことで、醬油《しようゆ》と酒を混ぜてつくった割下《わりした》が良い香りを漂わせていた。

半四郎は熱々の葱と鮪を交互に頰張《ほおば》りながら、撲殺された屍骸のことを語りだした。

「ふたりとも頭蓋《ずがい》を割られておりましたが、長谷川亀介の遺体だけは足の甲と手の甲を片方ずつ潰されておりました。おそらく、下手人が何かを聞きだそうとして、責め苦を与えたのではないかと」

「そのようじゃな」

「伯父上が仰ったとおり、下手人は別々で、木之元源吾は長谷川亀介に殺されたのだとおもいます」

そして、長谷川を殺した下手人は、何かを知りたがっていた。

「頭巾で顔を隠した鵜飼いのことかもしれぬ。さらには、浪人貸しの背後にあるからくりのこともな。要するに、わしらの知りたいことを、そやつも知りたがったにちがいない」

半四郎はうなずき、酒を注ぎながら言った。

「木之元の素姓を遡《さかのぼ》って調べてみますと、おもしろいことがわかりました」

「何じゃ、聞かせてみろ」

三年前まで、幕府の御納戸役《おなんどやく》を務めていたらしい。

「ところが、病を理由に役目を辞し、妻子とも別れ、御家人株を売って浪人貸しをはじめました」

「ほう」

「蛤店の大家に聞いたところ、月に一度かならず訪ねてくる侍がいたそうです」

身なりのきちんとした五十前後の侍で、大家は別の日に市中でたまさか、その侍を見掛けたことがあった。何となくあとを尾けてみると、たどりついたさきは駿河台の観音坂《かんのんざか》上にある旗本屋敷だった。

「侍は裏木戸から内へ消えていったそうです」

半四郎は大家に足労させ、わざわざ観音坂上の旗本屋敷まで案内させたという。

「御屋敷の主人は家禄三千五百石の御大身、寄居三太夫《よりいさんだゆう》さま。驚くなかれ、幕府御納戸頭に就くご重役であられます」

「殺された木之元源吾は御納戸役だった。かつて、寄居のもとにおったということか」

「そうなりますな」

半四郎は半兵衛の盃を酒で満たし、不敵な笑みを浮かべた。

「じつは、拙者、寄居三太夫という名におぼえがござりました。佐倉炭の偽物を売って罰せられた房州屋の件はご存じですか」

「ああ、聞いた。女代書屋の死をきっかけに判明した悪事であったな」

「房州屋の帳簿を調べておりましたら、妙なものが出てまいりましてね」

「妙なもの」

「はい」

何月何日誰それにいくら、といったような内容が克明に書かれた「賄賂帳《まいないちょう》」とでも言うべき帳面で、賄賂を渡した相手方には幕府重鎮たちの名も載っていた。

「おそらく、献上炭の許しを得るために使った金ではないかと」

「なるほど、炭屋はお墨付きを得んがため、涙ぐましい努力をかさねた。そいつを几帳面《きちょうめん》に綴っておったわけだな」

「はい」

「それと、浪人貸しとどう繋がる」

「賄賂帳のなかに、突出して金額の高い人物がおりました。御納戸頭、寄居三太夫です」

「さもあろう。献上炭の選別など、御納戸頭の裁量ひとつじゃ」

興奮ぎみに応じる半兵衛の様子を、半四郎はなかば楽しんでいる。

「房州屋から流れた賄賂は、一千両におよびます」

「何じゃと」

「飛びぬけた金額だとおもわれますか。それがさにあらず、房州屋は他商品の卸し問屋が御納戸頭に渡す賄賂の相場を調べておりました」

「つまり、炭以外の品でも千両単位の口利き料を荒稼ぎしておったと申すのか」

「おそらくは、そういうことでしょう。なれど、賄賂をいくら貰ったところで、罪には問われませぬ。罪に問うべきは、そこからさきの所業にござります」

「読めたぞ」

半兵衛は、ぱしっと膝を打った。

「そやつ、賄賂を元手に高利貸しをやっておるのだな」

「ご名答」

幕府の重責にある者が庶民相手に高利の金を貸しだすなどといった行為は、言語道断《ごんごどうだん》である。表沙汰《おもてざた》になれば幕府の威信は失墜《しっつい》し、関わった者たちは重罪を免れない。ゆえに、寄居は徹底して裏に隠れ、食いつめ浪人たちを鵜飼いのごとく操って金貸し業をやらせていた。

「欲をかく者の心情は、わしらには想像もおよばぬ。賄賂だけでは満足できず、あぶく銭を倍にも三倍にも増やそうと企図《きと》したのじゃろう。それにしても、家禄三千五百石の御納戸頭とはな、大物が針に掛かったものよ」

「いまだ、証拠は何ひとつござりませぬ」

「いつものことじゃ。幕臣を裁くのは御目付の役目、御目付を動かすには動かぬ証拠が要る」

「その証拠を得んがため、奔走している次第」

「やってやれ。悪党を野放しにしておくでない」

「は」

半四郎はしっかりと、反骨魂を受けついでいる。

半兵衛は誇らしいと同時に、羨ましくも感じた。

「伯父上、ところで、さきほどの大家が目にした侍ですが、人相書を描いて密かに素姓を探ったところ、寄居家に仕える用人頭であることが判明いたしました」

「ほう、そうか」

「名は佐藤監物《さとうけんもつ》、代々寄居家に仕える者ではなく、三年ほどまえに食客として厚遇されてからのち、めきめきと頭角をあらわした人物だとか」

「よそ者か」

半兵衛は、きらっと目を光らせる。

「何か、お心当たりでも」

「そやつが、おこうのもとを訪れた頭巾侍かもしれぬな」

素姓は判然としないものの、鍵を握る人物のような気がする。

「木之元の住む蛤店では素顔をさらし、一ツ目弁天裏の切見世では頭巾で顔を隠していた。ふたりが同じ人物なら、なぜ、そのような区別をしたのでしょう」

単純に考えれば、蛤店では顔を見られても気にする必要はなく、一ツ目弁天裏では顔を知られてはまずかったということだ。

なぜか。

「おこうに、顔を見られたくなかったのかもしれぬ」

「なるほど。すると、佐藤監物とおこうは、過去のどこかで繋がっていたことになりますな」

もしかしたら、八年前に田中藩であった横領の件と関わっているのかもしれないと、半兵衛は直感した。

おこうの夫であった勘定方の吉沢銑十郎は横領の疑いを掛けられ、詮議の途中で腹を切った。ところが、詮議役の丸子龍之進こと橋爪冬馬によって、横領の張本人は組頭の粕壁蔵人と判明した。粕壁は追及を恐れて出奔し、藩は横領の一件をうやむやにした。

橋爪は憤りを抑えきれず、一生掛かっても粕壁を捕まえてやるという悲愴《ひそう》な覚悟をもって、藩を出奔したのだ。

追う橋爪は名を変えた。逃げる粕壁蔵人も、当然のごとく名を変えているだろう。

変えた名が佐藤監物かもしれないと、半兵衛はおもった。

粕壁は、おこうに顔を知られている。ゆえに、隠す必要があったのだ。

「因果《いんが》なはなしじゃ」

八年も経って当時の三人が繋がりを持ったとすれば、もはや、これは宿命とし
か言いようがない。

「伯父上、長谷川亀介なる男、金のためなら盗みも人殺しも厭《いと》わぬ悪党でした
よ」

「さようか」

「殺されても致し方のない男です」

「おぬし、何が言いたい」

半四郎は、神妙な顔になる。

「丸子龍之進なる浪人、伯父上は怪しいとおもっておられるのでしょう。頭巾侍
の正体を探るべく、長谷川亀介に責め苦を与えて殺めたのではないかと」

「そうだとしたら、おぬし、どうする。捕まえるのか」

「おや、伯父上らしくもありませんな。十手持ちが殺しの下手人を捕まえずに、
どうします」

半四郎の言うとおりだ。

「情けに負ければ、正義を貫くことはできぬ。伯父上、わたしにそうやって諭さ

れたことをお忘れか」

忘れるはずはない。

お役目に就いていたころは、常のように情と正義がせめぎあい、苦しみもがきながらも闘いつづけた。だが、いつも罪は罪としてわりきった。一度たりとも、情に流されたことはない。

「わしも年を食ったか」

重い溜息を吐く半兵衛から、いつもの快活さは消えていた。

十

翌々日、早朝。

庭先で古傘の骨を削っていると、簀戸《すど》を押して入ってくる者がある。

半兵衛はふわりと顔をあげ、にんまり笑った。

「おう、よう来たな」

困った顔で佇んでいるのは、おこうであった。

「わたし、行くところがなくて……それで、気づいてみたら、ここに」

「こっちへ来なさい。ほれ、火鉢にあたるのだ」

「あ、ありがとう存じます」

おこうは声を搾《しぼ》り、ふらつく足取りで近づいてくる。

半兵衛は異常を察し、立ちあがって庭下駄《にわげた》を履いた。

「おつや、おつや」

奥に向かって呼びかけ、おつやが顔を出すと「据え風呂の湯を沸かせ」と指図する。

「それと、粥《かゆ》じゃ。熱い茶も支度せよ」

「はい」

半兵衛は足早に駆けより、おこうを抱きとめた。

「どうした。怪我をしておるのか」

「い、いいえ……ま、丸二日、何も食べておりません」

「そうじゃとおもうたわ。窶《やつ》れおって。この莫迦者めが」

「すみません」

もはや、おこうは泣く気力も失っている。

肩を貸して濡れ縁まで連れてくると、おつやが丸盆に粥と香の物を載せてきた。

「粥じゃ、少しずつ口に入れよ」

「は、はい」

おこうは震える手で箸を持ち、熱い湯気を掻きこむように粥を啜る。

三口ほど啜ると人心地がついたようで、両頬にも赤みが差してきた。

「茶もあるぞ。ほれ、淹れてやろう。それとも、酒のほうがよいか」

「いいえ、お茶が呑みとうございます」

おこうは茶碗を両手で包み、茶を啜りながら泣きはじめた。

「ご隠居さま……ご、ご親切にしていただき、ほんとうに、かたじけのうございます」

「泣くでない。相身《あいみ》たがいと申すではないか」

「はい」

「何があった」

「長谷川亀介さまが、何者かに殺められました」

「それは存じておる。長谷川の屍骸が見つかったのは、一昨日の明け方じゃったらしいな」

「いきなり、仕舞屋に黒覆面《くろふくめん》のお侍が飛びこんできて、長谷川さまが死んだと告げられました。おまえも命が危ないから逃げろと」

「黒覆面の侍か。いったい、何者じゃ」

「わかりません。長谷川さまをお連れになった頭巾のお侍ではありませんでした。もっと背の高い、痩せたからだつきの……そう、あの声はどこかで聞いたことがございます」

「おもいだせぬのか」

「はい。その方は切羽詰まったご様子でした。わたし、抗ってはいけないような気がして」

「逃げたのだな」

「はい。とりあえず、岡場所を抜けだし、弁天さまのそばにある使われていない御堂に隠れました。何刻かすると、追っ手らしき者たちの声が聞こえてきて」

「どのようなことを喋っておった」

「女を捜せ。草の根を分けてでも捜しだせ。そう遠くへは逃げておらぬはずだと、そのように」

おこうは御堂から抜けだし、大川に面した水戸藩《みとはん》の石切場に逃げこんだ。夜が明けるまで、冷たい石と石の狭間《はざま》で膝を抱えていた。そのあとは、当て処《あど》もなく市中をふらつき、気づいてみたら、半兵衛のところへ来ていたのだという。

「最初から頼ればよいものを」

「ご隠居さまは赤の他人です。わたしのような者と関われば、とんでもないご迷惑をお掛けしてしまう」

「何が迷惑なものか。おぬしはもう、充分に辛酸《しんさん》を味わった。これ以上、不幸になることはない。わしに任せておけ。わるいようにはせぬ」

「でも」

「わしはな、ずいぶんむかしに辞めてしまったが、長いあいだ風烈廻り同心をつとめておった」

「風烈廻り同心ですか」

「ああ。風を読み、火事を最小限に食いとめる。火付け盗賊のたぐいに縄を打ち、獄門台に送ってやる。それがお役目じゃった」

「まことに……お、おみそれいたしました」

おこうは俯き、唇もとを結ぶ。

「安心いたせ。遥かむかしに十手は返上したのじゃ。今は盆栽いじりの好きなよぼの爺にすぎぬ。ただな、時折、捕り方の血が騒ぐのよ。世の中の理不尽にたいして言うに言われぬ怒りが沸いてくる。わしは、おぬしのような弱い者をいじめる輩《やから》が許せぬ。ぜったいに許せぬ。だからな、悪党はかならず退治してくれよう。おぬしのことは命懸けで守るつもりじゃ。よいな。わかったら、何でもはなしてくれ」

半兵衛の真心が通じ、おこうはこっくりうなずいた。

「よし、それでいい。粥の残りを啜ってしまえ。茶も淹れかえてやろう。おつや、おつや」

呼ばれて出てきたおつやは、丸盆に急須《きゅうす》を載せてくる。

「そうじゃ。甘いものは好きか」

「は、はい」

「ご献上の羊羹《ようかん》はどうだ。金沢丹後《かなざわたんご》の煉《ね》り羊羹じゃ」

「そのようなありがたいものは、食べたことがありません」

「よし、おつや」

命じるまでもなく、おつやは煉り羊羹をひと口大に切って用意していた。

「ふふ、さすがじゃな。おつやには苦労したおなごの気持ちが手に取るようにわかるらしい」

「奥さま、ほんとうに申し訳ありません」

おこうはあらためて正座しなおし、床に手をついて平伏する。

おつやは、暖かみのある透きとおった声で応じた。

「わたしも、半兵衛さまに拾っていただいたのですよ」

「え」

「わたし、千住の宿場女郎だったんです。たまさか、お泊まりになった半兵衛さまに気に入っていただき、それ以来、お世話になっているんです」

「そうでしたか」

「人の世は一期一会《いちごいちえ》と申します。これも何かの縁とお考えなされませ。そうすれば、少しは気も楽になるでしょう」

「ありがとうございます」

何度礼を言っても足りないほど、おこうの心は濡れているかのようだった。

半兵衛は羊羹を摘み、ぱっくり食べてみせる。

そして、剣菱の燗酒を手酌《てじゃく》で飲りはじめた。

「むふふ、諸白《もろはく》に羊羹もなかなか合うぞ。乙なものじゃ。食べよ、ほれ」

おこうも羊羹を頬張り、嬉しそうな顔をする。

「美味いか」

「はい」

「よし、剣菱を注いでやろう」

「いえ、けっこうです。もったいない」

拒もうとするおこうの手に盃を持たせ、無理に呑ませてやる。

おこうは盃を干し、溢れる涙を拭きとった。

半兵衛は、優しげな眼差しで問う。

「どうして命を狙われたのか、心当たりはないのか」

「ございます。たぶん、これではないかと」

おこうはそう言い、懐中から油紙に包んだ書付を差しだす。

「ほう、それは」

「木之元源吾さまから預かっておりました。まんがいちのときは、それを携えて逃げろと」

「中味を見たのか」

「いいえ。ご隠居さまがご覧ください」

「わかった」

書付を開くと、金釘流《かなくぎりゅう》の字で人名および出身地と所在地が列記されてあった。

おそらく、木之元自身が書いたものであろう。名を数えると三十有余におよび、途中には長谷川亀介の名が、末尾には木之元源吾本人の名があった。

「これはたぶん、浪人貸しをやらされている連中の名だ」

「すると、木之元さまや長谷川のようなご浪人がこれだけいると」

「これだけ数が揃えば、万両単位の金を動かすこともできよう。浪人どもが稼いだ金を吸いとっておる悪党がおるのさ」

浪人たちが一網打尽《いちもうだじん》にされれば、稼ぎの手足を失うばかりか、悪行が露見する公算が大きい。悪党どもは何らかの筋から書付の存在を知り、どうしてもこれを手に入れたかったにちがいない。

「木之元は、同じ境遇に置かれた者たちの所在を丹念に調べあげていたのじゃ。それを鵜飼いに見つかり、消されたのかもしれぬ。木之元の死後、おぬしを生かしておいたのは、その書付を手に入れるためだったのかもな」

「連中の手に渡っていたら、今ごろわたしは木之元さまの二の舞いに」

「そういうことじゃ。おぬしは、黒覆面のおかげで命拾いした」

「いったい、誰なのでしょう」

「声に聞きおぼえがあったのじゃろう」

「はい」

「おもいだしたくもなかろうが、八年前、おぬしは夫と子を失ったのであったな。そのとき、夫のことを詮議した横目付がおったろう」

「忘れようもございません。橋爪冬馬さまです……あっ」

おこうは声を失い、ぶるぶる震えだす。

「どうして……あ、あのお方が」

「落ちついて聞くがよい。橋爪冬馬は丸子龍之進と名を変え、この江戸におる。そしてな、八年来の仇敵ともいうべき粕壁蔵人を見つけたのじゃ」

「粕壁……く、蔵人」

「おぬしの夫、吉沢銑十郎に腹を切らせた上役じゃ。ちがうか」

「そうです」

「おぬし、粕壁の出奔を知らなんだのか」

「存じませんでした。粕壁さまがなぜ、出奔を」

「橋爪の調べで横領が発覚し、金を携えて逃げたのじゃ」

「げっ、さようなこと、夢にもおもいませんでした」

「おぬしは子を失い、自暴自棄になって家も故郷も捨てた。横領の真相を詮索する心の余裕もなかったであろう。されど、橋爪冬馬はちがう。忍耐強く調べあげ、粕壁に迫った。ところが、もう少しのところで逃げられたのじゃ。藩は事を穏便《おんびん》に収めるため、横領の件をうやむやにした。橋爪はそうした藩の方針を許すことができなんだ。みずからの力で粕壁を捕まえるべく、藩を捨てたのじゃ」

「どうして」

「そこまで入れこんでしもうたのか。わしも不思議におもったわい。それはな、おぬしの夫を死に追いやった罪を引きずっていたからよ。ゆえに、橋爪冬馬は家も故郷も捨てる覚悟をきめたのじゃ。おぬしと同じじゃ。浮き草のように流れ流れて、この江戸へたどりついた。されどな、天網恢々《てんもうかいかい》とはよく言うたものよ。粕壁蔵人も、この江戸にいた。しかも、おぬしのすぐそばにな」

「もしや、頭巾の侍が」

「おそらく、そうであろう。粕壁はおぬしを見掛けた。市中でたまさか見掛けたのか、丸子屋あたりで見掛けたのか、そんなことは知らぬ。ともあれ、おぬしと知って近づいてきたのは確かだ」

「どうして、わたしに近づいたのでしょう」

「わからぬ。おぬしの夫、吉沢銑十郎を死なせた贖罪《しょくざい》の欠片《かけら》でも残っておるのか、あるいは、いずれは忘れたい過去とともに葬る機会を狙っていたのか、ともあれ、おぬしと関わりを保っていたかったのじゃろう」

「何と」

「粕壁はおぬしを見つけ、橋爪は粕壁を見つけた。もはや、これは宿命じゃな。八年前の出来事を清算させるべく、天が三人を引きあわせたにちがいない」

すっかり落ちこむおこうに向かって、半兵衛は希望の光を与えてやるべきかどうか迷った。迷ったすえに、口を開く。

「宿命と申せばもうひとつ、おぬしに告げておかねばならぬことがある」

「え」

ふわりと向けられたおこうの顔は、あきらかに何かを期待していた。

半兵衛はぐっと、ことばに詰まった。

母親の勘とは恐ろしいものだなと、内心で舌を巻いた。

十一

数日後。

八年前に公金を横領して逃げた田中藩の勘定組頭が、どのような経緯をたどって幕府御納戸頭に取り入ったのか。それは、本人たちに聞かねばわからぬことだ。

半兵衛は鉢植え仲間の伝手をたどって、御納戸頭と面談する約束を取りつけた。そして、炭屋の隠居に化け、主人役の半四郎をともなって駿河台の旗本屋敷へやってきた。

刻限をあらかじめ申しいれてあったので、門番に誰何《すいか》されることもない。

ふたりは若い用人の案内で廊下をわたり、箱庭の見える客間に導かれた。

床の間の大鉢には、黄金花火のような花を咲かせた金縷梅《まんさく》が枝ごと無造作に挿してあった。枝の一部が凍りついているところから推《お》すと、庭から切ってきたのだろう。

金縷梅の背に垂れた軸には、水墨で達磨《だるま》が描かれていた。

「雪舟《せっしゅう》か」

「賄賂でしょうな」

「ふん、腐れ旗本め」

「伯父上、梅も盛りを過ぎました」

「そうじゃな」

あれほど積もっていた雪も溶けたが、余寒はまだ残っており、大粒の牡丹雪《ぼたんゆき》が名残惜しそうに降ることもあった。

「伯父上、勝算は」

「なければ来ぬわ」

「ふふ、町人髷がよく似合いますぞ」

「おぬしもな」

人の気配が立った。

音もなく襖が開き、ふたりの男がはいってくる。

金縷梅と雪舟の達磨を背にして座ったのが、老中でさえ一目置くという御納戸頭の寄居三太夫にほかならない。でっぷりと肥えた鮟鱇顔《あんこうがお》の人物で、臓腑の胆を潰せば猛毒が飛びだしてきそうだった。

一方、かたわらに控えた人物は武芸者然とした五十前後の男で、蜥蜴《とかげ》のような目を光らせている。

佐藤監物こと粕壁蔵人ではないかと、半兵衛も半四郎も察していた。

その男が、偉そうな口調で喋りだす。

「幕府御納戸頭、寄居三太夫さまである。拙者は用人頭の佐藤監物じゃ。天城屋《あまぎや》と申すのはおぬしらか」

「いかにも、天城屋にござります。老《お》い耄《ぼ》れの手前が隠居の半兵衛、隣の冴えない男が惣領《そうりよう》の半四郎にござります」

「こたびは、天城炭を将軍家奥向きに献上したいとの由、これに相違ないか」

「相違ござりませぬ。実物をお持ちいたしました」

半兵衛は黒光りした炭を二本取りだし、拍子木《ひようしぎ》のように叩いてみせる。

「いかがです。透きとおったすばらしい音色でござりましょう」

「ふん、音色がどうした。うぬは風鈴屋《ふうりんや》か」

と、寄居が口を挟む。

厭味《いやみ》な男だ。

「うほほ、風鈴屋とはうまいことを仰る。さすが、三千五百石のお殿様じゃ。のう、半四郎」

「はい。こうしてお目通りいただけるだけでも、恐悦至極《きようえつしごく》に存じまする」

「さようさ。なれど、こちらのお殿様は炭のできばえなぞどうでもよいのじゃ。ほれ、あれを出せ。急げ、ぐずぐずいたすな」

半四郎は背中に隠した菓子折《かしおり》を取りだし、畳にすっと滑らせる。

「何じゃ、それは」

わかっているというのに、寄居は重々しい口調で質す。

半兵衛は胸を張った。

「黄金餅《こがねもち》にございます。どうぞ、おあらためを」

用人頭の佐藤が膝を寄せ、菓子折の熨斗《のし》を乱暴に破りすてる。

蓋を開いてひっくり返すと、小判が三枚畳に落ちた。

「ん、たった三両か。いったい、どういう了見じゃ」

佐藤が目を剝き、激昂《げっこう》する。

すかさず、半兵衛が応じた。

「お待ちを。箱に目録が付いておりましょう。米粒で付けておいたのですが、ございませぬか」

「ある」

「目録を開いてお読みくだされ。そこに、お頼み料を明記しておきました」

「何じゃ、まわりくどいことをしおって」

「どうぞ、佐藤さま、お読みくだされ」

「金二千両と書いてあるな」

用人頭の言を聞き、寄居の眸子から刺々《とげとげ》しさが消えた。

難しいのはここからだ。

半兵衛は背筋を伸ばし、襟を正す。

「不幸に見舞われた房州屋さんが、千両箱ひとつでお墨付きを買ったという噂を耳にいたしました。手前どもはその二倍出す用意がございます。無論、お墨付きにはそれだけの価値がある」

佐藤は寄居とうなずきあい、こちらに向きなおる。

「よし、頼みの件はあいわかった」

「さようで。はは、かたじけのうございます」

ふたりで平蜘蛛《ひらぐも》のように平伏《ひれふ》すと、頭上に佐藤の声がかぶさってくる。

「されど、目録のみというのが気に入らぬ。二千両の受け渡しはどうする」

「もちろん、考えてござります。明日はご出仕なさらぬ日とお聞きいたしました」

「いかにも、さようだが」

「されば、柳橋の夕月楼と申す茶屋にて、一席もうけさせていただきたく存じます。お帰りの際に、目録の品をお持ちいただく段取りでいかが」

「今日の明日で、寄居さまを柳橋くんだりまでご足労させる気か。不届き者め」

「されど、こういうおはなしは早いほうがよろしいかと。明日夕刻、ご足労願えませぬか」

「ならぬ。日をあらためよ」

「ようござりますが、そのときは千両箱がひとつ、減っておるやもしれませぬぞ」

「何じゃと」

目を剝く佐藤に向かって、半兵衛は入れ歯を飛ばす勢いで喝《おど》しあげる。

「ご用人頭さま、おことばですが、二千両と申せば右から左に動かせる金額ではござりませぬ。どうにか工面して、ようやくお納めする目処《めど》が立ったのでござる。こちらも、身を切るほど辛いのですぞ。されど、手前は覚悟をきめてまいりました。そちらも、お覚悟をきめていただかねば困ります」

無礼を顧みずに凜然《りんぜん》と言ってのけ、畳に額を擦りつける。

重い沈黙が流れ、突如、寄居が弾けたように笑いだした。

「ぬは、ぬははは。監物よ、そやつ、なかなかのタマぞ」

「は、そのようですな」

「ふむ、信じよう。明夕、わしは柳橋へまいる。天城屋、上等な酒と綺麗どころを揃えて歓待いたせ」

「へへえ」

半兵衛は平伏しながら、舌を出していた。

それを見た半四郎も、笑いを怺《こら》えている。

肥った魚は餌《えさ》に食いついた。

あとは落とさぬように釣りあげるだけだ。

十二

翌夕。

寄居三太夫は、お忍び駕籠で夕月楼へやってきた。

供は三人、そのうちのひとりは、粕壁蔵人とおぼしき佐藤監物だ。

「ようこそ、おいでくださりました」

玄関先で出迎えた楼主の金兵衛は、ありったけの愛想笑いを浮かべ、一行を二階の大広間に案内した。

「天城屋のご隠居さまが、首を長くしてお待ちかねでございます」

今宵は半兵衛の依頼で、見世は貸切にしてあった。

何せ、三千五百石の大身旗本をへこませる企て、これほどの見世物は稀《まれ》にもあるものではない。

ひと晩の儲けを失ったところで、金兵衛は惜しくも何ともなかった。

大広間には派手な衣裳を纏った芸者たちが呼ばれており、三味線が景気よく掻き鳴らされるなか、白塗りの幇間《ほうかん》が剽軽《ひょうきん》な仕種《しぐさ》で芸を披露している。

「お大尽《だいじん》がお越しになられた。ほうら、芸子衆、上座のいっとう高いお席にご案内申しあげよ」

幇間は扇子《せんす》をひらひらさせ、陽気に歌いながら近づいてくる。

「今宵は満願成就の無礼講《ぶれいこう》、身分上下の区別なく、呑んで騒いで明かしましょう」

皺顔《しわがお》に白粉《おしろい》を塗りこみ、ほっぺたを赤くさせた幇間は、よく見れば半兵衛にほかならない。

寄居が、ぷっと吹きだした。

「おぬし、天城屋の隠居か」

「いかにも、天城の炭屋にござります。ささ、あちらへ、あちらへ」

上座に腰を落ちつけた寄居は綺麗どころに挟まれ、まんざらでもない様子だ。

半四郎は、宴席にいない。幇間に化けた半兵衛が座を仕切り、呑めや歌えやの宴会が賑やかに繰りひろげられていく。

やがて、宴もたけなわとなったころ、半兵衛は寄居の袖を引いた。

「お殿さま、お目の保養におひとつ、いかがでござりましょう」

「何じゃ」

寄居は好色そうな眸子で、気に入った芸者の手を取った。

「色のほうではござりませぬ。山吹《やまぶき》ですよ、山吹」

「例の二千両か」

「しっ、お声が高い」

寄居はやおら立ちあがり、肥えた腹を抱えるように歩きだす。

脇に控えた佐藤が、棘のある声を掛けてきた。

「天城屋、どこへ行く」

「よろしければ、用人頭さまもどうぞ。隣部屋にござります」

佐藤は刀を掴み、腰をあげた。

この男だけは、ひとり酔っていない。

ほかの用人ふたりは鼻の下を伸ばし、芸者の酌を受けている。

そうした様子を、半兵衛は抜かりなく把握《はあく》していた。

三人は廊下に出た。

寄居は大刀を預けているので、脇差しか帯びていない。

一方、佐藤は両刀を帯びていた。見世のほうで預かろうとしたが、頑なに拒まれたのだ。用人頭ならば、当然の備えであろう。

「天城屋、隣部屋ではないのか」

「隣の隣、夕月楼の奥座敷にございます」

廊下を曲がると、手燭《てしょく》を掲げた金兵衛が待っていた。

ともに案内役となり、悪党どもを地獄の釜口《かまぐち》へ導いていく。

「ささ、こちらでございます」

襖障子を開けると、行灯《あんどん》がぽつんと置いてある。

誰もいない。

さらに奥には隣部屋があるようで、仕切り襖の手前に木箱が四つ積んである。

「あれは」

寄居が、ごくっと唾を呑んだ。

「五百両箱が四つ、しめて二千両にございます。中味はすべて慶長小判《けいちょうこばん》にござりますれば、輝きがちがいましょうぞ」

「ふふ、慶長小判か。溶かして銀を混ぜてくれよう」

寄居は軽口を叩きつつ、箱に近づいていった。

佐藤は警戒を怠《おこた》らず、部屋の隅々まで目を配っている。修羅場《しゅらば》をくぐってきただけのことはあり、鼻の利きそうな男だ。

「錠はおろしてござりませぬゆえ、蓋をお開けくだされ」

「よし」

寄居は屈みこみ、燦爛《さんらん》とした黄金の輝きを期待しながら、箱の蓋を開けた。

「おっ、ん」

輝きどころか、あるのは闇だ。

手で探っても、何もない。

「空じゃ、空じゃぞ」

寄居はふたつ目の箱を開け、三つ目と四つ目の箱は怒りにまかせて蹴散らした。

「天城屋、これはどういうことじゃ」

「戯《ざ》れてみました」

「何じゃと」

「お上の要職に就くご大身を、死ぬまでにいちど虚仮《こけ》にしたかったのでござる」

「うぬ、おのれ」

ただでさえ醜い顔が、真っ赤に膨れあがる。

「まあまあ、熱くなられますな」

半兵衛は余裕の笑みをかたむけ、擽《くすぐ》るように囁《ささや》いた。

「本物のお宝はその奥に、ちゃんとござりますよ」

襖がすっと、左右に開かれた。

「うっ」

その瞬間、寄居も佐藤も袖で口を押さえた。

むっとするほどの人いきれで、息が詰まる。

八畳の部屋には、大勢の人間が蠢《うごめ》いていた。

いずれも、後ろ手に縛られた浪人どもだ。すし詰めにぎっしり詰めこまれ、畳のうえには大量の小判がばらまかれている。

「こ、これは……」

顎を震わせる寄居に向かって、半兵衛は小気味よいほどの啖呵《たんか》を切った。

「驚いて声も出ねえか。悪党め、みんな、てめえの金じゃろうが。腐れ商人から奪った金を野良犬どもに預け、高利で市中に貸しだすたあな、お天道様も腰を抜かしていなさるぜ。ふん、欲をかくにもほどがあらあ」

半兵衛は、懐中から書付を一枚取りだした。

「これを見な。てめえらが血眼《ちまなこ》になって探しておったものじゃ。ここに列記された浪人どもはな、ご覧のとおり、ひとり残らずお縄にした。こやつら、自分の命とひきかえに悪事のからくりを吐きおったぞ。島送りになっても、獄門台だけは免れたいそうじゃ。さあて、おぬしらはどうかのう。何せ、悪事の絵を描いた張本人じゃ」

「うう、くそっ……おぬし、何者だ」

「やっと聞いてくれたか。ふふ、半四郎、出てまいれ」

「は」

浪人どもの背後から、大柄の半四郎がのっそり顔を出す。

小銀杏髷《こいちょうまげ》に黒羽織姿を見れば、町奉行所の同心であることは一目瞭然《いちもくりょうぜん》だ。

「伯父上、口上が長すぎますぞ」

「そうか」

「拙者はよくても、武者溜《むしゃだ》まりの方々がたまりません」

半四郎はそう言い、かたわらの襖をがらりと開ける。

「すわっ」

どっと飛びだしてきたのは、目つきの鋭い幕臣たちだ。

幕臣のひとりが刀の柄《つか》に手を添え、口から泡を飛ばして言った。

「御納戸頭、寄居三太夫だな」

「何じゃ、おぬしは」

「公儀御目付、兵頭伊賀守《ひょうどういがのかみ》さまが配下、高山左近之丞《たかやまさこんのじょう》である」

「げえっ」

「もはや、うぬが罪状は明々白々、言い逃れはできぬぞ」

寄居は抗う気力も失い、がっくりと膝をついた。

だが、用人頭のほうは素直にしたがうような男ではない。

「ぬえい……っ」

気合いを発して白刃を抜き、闇雲《やみくも》に振りまわしながら廊下へ飛びだす。

さらに、籠抜けの要領で窓を飛びこえ、軒を転がって地べたに落ちた。

だが、落ちたところには、襷掛《たすきが》け姿の侍がひとり待ちかまえていた。

「ぬはは、粕壁蔵人め。おぬしを尾けてきた甲斐《かい》があったわ」

侍は胸を反らして嗤い、ずいと一歩踏みだす。

「わしの顔を忘れたか」

「あっ、おぬしは」

「さよう、橋爪冬馬じゃ。臥薪嘗胆《がしんしようたん》、この機を待っておった」

鬼の形相で睨みつける男の手には、樫《かし》の木刀が握られていた。

十三

粕壁蔵人と橋爪冬馬のまわりには、人垣ができつつあった。

金兵衛の手下たちが、あらかじめ見世の周囲に網を張っていたのだ。

半兵衛たちも外へ飛びだしてきたが、対峙《たいじ》するふたりに気づき、静かに見守ることにした。

別段、そうするときめていたわけではなかったが、寄居屋敷の周辺に丸子龍之進こと橋爪冬馬の影を感じて以来、ふたりがこうなることは予想できた。

むしろ、期待していたのかもしれないと、半兵衛はおもう。

すべてを捨てた男の八年越しの執念を、この目でしっかりと見届けてやりたい。そうした願望は、恰好の舞台をととのえてやることで実ったと言うべきだろう。

しかし、勝敗の行方までは左右できない。

何しろ、橋爪は刀を手にしていなかった。

「なるほど、読めたぞ」

粕壁は白刃を青眼に構え、にやりと不敵な笑みを浮かべる。

「長谷川亀介を殺め、おこうを逃がしたのは、おぬしであったか」

「今ごろ気づいても遅いわ」

「橋爪よ、おぬしが藩を出奔し、わしを追っていることは知っていた。どうして、そこまでやったのだ」

「うぬは手下の吉沢銑十郎に横領の罪を着せ、さっさと藩を捨てて逃げた。藩は体面を保つべく、すべてをうやむやにした。そんな理不尽が許せるとおもうか」

「ふん、些末《さまつ》な正義感か。鬱陶《うつとう》しいやつだ。この八年で、いったい、おぬしに何が残った。残ったのは、惨《みじ》めで落ちぶれた浪人暮らしであろうが」

「たとい、貧しくとも、うらぶれていようとも、気にはならぬ。わしは信念に生き、信念のままに死ぬ。それで満足さ」

「ふっ、ご立派なことよ。ならば、もうひとつ聞いておこう。わしのことを、何処でみつけたのだ」

「丸子屋さ。看板を見掛け、懐かしくなってな。たまさかはいって、とろろ汁を啜っておったら、おぬしが木之元源吾を連れて見世にはいってきた。目を疑ったぞ」

「なるほど、丸子屋か。わしも、とろろ汁が啜りたくなったのよ。されど、丸子屋を訪れたのは一度きりだ。あのとき、あの見世におぬしがおったとはな。これも因果ということか」

「天網恢々疎《そ》にして漏《も》らさず。悪いことはできぬな。うぬの運も今宵で尽きよう」

「どうかな。おぬしを斬って血路を拓《ひら》けば、三たび浮かぶ瀬も訪れよう」

「そうはさせぬ」

橋爪は、木刀を青眼に構える。

「ふん、笑止な。木刀で何ができる」

「おぬしは殺さぬ。そのための木刀よ」

「何じゃと」

「白洲ですべてを吐いてもらう。吉沢銑十郎の汚名を雪《すす》がねばならぬでな」

「どこまでも、まわりくどい男よ」

粕壁は、白刃を八相《はっそう》に持ちあげた。

「はっ」

踵《かかと》をあげ、猛然と斬りこむ。

「死ね」

袈裟《けさ》懸《が》けの一刀だ。

隙だらけだなと、半兵衛も半四郎も看破《かんぱ》した。

案の定、舐めきった粕壁の一撃は空を斬った。

と同時に、木刀が唸りをあげた。

――ぶん。

下段からの一撃は粕壁の両肘を捉え、瞬時に骨を砕いた。

「ぎぇえええ」

凄まじい悲鳴とともに、手から離れた刀が宙高く旋回する。

「一本、それまでじゃ」

嬉々として、半兵衛が叫んだ。

這って逃げようとする粕壁の背中を、素早く駆けよった半四郎が蹴りつける。

「逃がさねえよ」

一方、大願を成就させた橋爪冬馬は、興奮の面持ちで近づき、半兵衛にぺこりとお辞儀をした。

「かたじけない。すべて、あなたのおかげです」

晴れがましい顔だが、一抹《いちまつ》の不安を覗かせている。

おそらく、長谷川殺しの罪をみとめているのだろう。

潔く縄を打たれる覚悟をきめたような面でもあった。

半兵衛は、顎をしゃくった。

「いいさ。今夜のところは、息子のもとへ帰るがよい」

「え」

「逃げるなよ。わしはまだ、龍一郎との約束を果たしておらぬからな」

諾《だく》とも否《いな》ともこたえず、橋爪は踵《きびす》を返す。

俯いたまま人垣を抜け、闇の狭間に消えていった。

半四郎が慌てて、大声を掛けてくる。

「伯父上、あの者を逃がしてはなりませぬ」

「逃げぬさ。あやつは根っからの侍じゃ。もはや、覚悟はきめておろう」

「まったく、困ったおひとだ」

不満げな半四郎を残し、半兵衛もその場から去りかけた。

「伯父上、何処へお行きなさる」

「鎌倉河岸じゃ。何やら、無性にとろろ汁が啜りとうなった」

「拙者もあとからまいります」

「ああ、おこうも連れてこい」

自分のところでは心もとないので、八丁堀のほうで匿《かくま》ってもらっていたのだ。

「承知」

半四郎はにっこり笑い、粕壁蔵人を引ったてていく。

漆黒《しっこく》の空からは、白いものが落ちてきた。

「名残の雪か」

父親が捕縛されれば、息子はひとりぼっちになる。

おこうに真実を告げ、龍一郎と対面させるべきかどうか、半兵衛はこのときもまだ迷っていた。

十四

さらに、数日後。

半兵衛の手には、錦絵の描かれた角凧がある。

浅間三左衛門が渾身《こんしん》の筆で描きあげた自来也は、すれちがった者たちがみな振りかえるほど見事なできばえだった。

凧の大きさは縦二尺に横一尺三寸、龍一郎の父がつくる中張りよりもやや大きい。骨も一本多く、七本骨の六本糸目にしてある。無論、骨はすべて半兵衛が削ったものだ。厳密に言えば、自来也を描きあげた三左衛門との共作だが、半兵衛には自分の手になる凧だという自負がある。

芝神明町の喧噪《けんそう》を横目に見て歩きながら、浮きたつような気分を抑えきれない。

だが、一方で不安もある。

はたして、父と子は蛤店で待ってくれているのか。

さらにもうひとつ、決断できなかったことがあった。

おこうと龍一郎を再会させる良い機会のはずだが、どうしても決断しきれなかった。

「詮無いことよ」

龍一郎の喜ぶ顔を思い浮かべながら、金杉橋を渡っていく。

浜風が心地よく、半兵衛は胸腔《むね》いっぱいに息を吸いこんだ。

「伯父上」

気持ちよく伸びを仕掛けたところへ、声を掛ける莫迦者がいる。

橋向こうから、黒羽織の半四郎がやってきた。

「やはり、待っておったか」

半兵衛は、ほっと肩を落とす。

十手持ちの正義を果たすべく、半四郎は待ちかまえていたのだ。

「伯父上、驚かれませぬな」

「あたりまえじゃ。おぬしが待っておることなど、百年前からわかっておったわ」

「百年前とは大袈裟な。さて、ごいっしょしていただけましょうか。長谷川亀介を殺めた下手人のもとへ」

「やはり、捕まえるのか」

「罪は罪ですからな。ただ」

「何じゃ」

「どうしても下手人に逢って、礼を言いたいという者をお連れしました」

半四郎は後ろを向き、ぴゅっと指笛を鳴らす。

橋向こうに植わった南天桐《なんてんぎり》の陰から、化粧の薄い女がすがたを見せた。

「おこうか」

「それも、わかっておられましたか」

「い、いや。おぬし、龍一郎のことを告げたのか」

「いいえ。告げずとも、母と子であれば感じるものもあろうかと」

「なるほど、そうかもしれぬ」

「あとは成りゆきまかせ、風まかせ」

不器用な半四郎にしては粋な台詞《せりふ》を吐くと、半兵衛はおもった。

おこうは遠くからお辞儀をしたが、遠慮して近づいてこない。

半四郎は、わざとらしく溜息を吐いた。

「おこうも、不当な浪人貸しに加担しました。本来なら、罰しなければなりません」

「本来なら」

「ええ、本来なら。ただし、罰してどうなるものでもない」

半四郎のことばに、半兵衛はじっと耳をかたむける。

「伯父上、わたしはこたびの一件で、またひとつ教わりました。正義を成すには情を殺さねばならぬ。されど、ときに人は正義を成そうとして、大いなる過《あやま》ちを犯す。情を縄で縛りつけ、希望の芽を摘みとってしまうのならば、そんなものは正義でも何でもありませぬ」

「半四郎、おぬし」

「伯父上、判断に迷ったときは、すべて忘れてしまえばよいのです。何ひとつなかったことにすればいい」

「すべて忘れてしまえなどと、教えたおぼえはないぞ」

「そうでしたっけ」

「ふん、こいつめ……」

半兵衛は、ぐっと込みあげるものを抑えた。

「……す、すまぬ。こんどばかりは、恩に着る」

胸の奥から、何とか声を搾りだす。

半四郎は、ことさら明るく言った。

「さあ、自来也の凧をあげにまいりましょう」

「ふむ、そうだな」

橋のうえを歩きはじめたふたりは、ふと、足を止めた。

「伯父上、ほら、あれを」

「おお」

おこうも浜辺に顔を向け、雲ひとつない空の一点を指差している。

半兵衛は、涙で霞《かす》んだ眸子を何度も擦った。

「見よ、半四郎。凧じゃ」

「はい」

龍の角凧が風を孕み、悠然《ゆうぜん》と泳いでいた。

季節はめぐり、江戸は春の彼岸《ひがん》を迎えている。

三人は弾むような足取りで、芝の浜辺に下りていった。

※本書は2011年2月に小社より刊行された作品に
加筆修正を加えた「新装版」です。

双葉文庫

さ-26-46

照《て》れ降《ふ》れ長屋風聞帖《ながやふうぶんちょう》【十五】

龍《りゅう》の角凧《かくだこ》〈新装版《しんそうばん》〉

2021年8月8日　第1刷発行

【著者】

坂岡真《さかおかしん》

【発行者】

箕浦克史

【発行所】

株式会社双葉社

〒162-8540 東京都新宿区東五軒町3番28号

［電話］03-5261-4818(営業)　03-5261-4833(編集)

www.futabasha.co.jp(双葉社の書籍・コミックが買えます)

【印刷所】

中央精版印刷株式会社

【製本所】

中央精版印刷株式会社

【フォーマット・デザイン】

日下潤一

ISBN978-4-575-67068-4 C0193

Printed in Japan

坂岡真
照れ降れ長屋風聞帖【一】
大江戸人情小太刀
長編時代小説
長屋で仲人稼業のおまつの尻に敷かれる浅間三左衛門。しかしこの男、滅法強い！ 江戸の粋と人生の機微が詰まった名作、待望の新装版。

坂岡真
照れ降れ長屋風聞帖【二】
残情十日の菊
長編時代小説
居合の達人と洗濯女の仲を取り持った浅間三左衛門。だが契りを結んだ後、男は姿を消した。行方を追う三左衛門は男の苛烈な運命を知る。

坂岡真
照れ降れ長屋風聞帖【三】
遠雷雨燕《えんらいあまつばめ》
長編時代小説
狙いは天下の越後屋――凶賊雨燕が再び蠢き出す。一方の越後屋にも言うに言えぬ秘密があった。三左衛門の人情小太刀が江戸の悪を撃つ！

坂岡真
照れ降れ長屋風聞帖【四】
富の突留札《つきどめふだ》
長編時代小説
突留百五十両を当てたおまつら女四人が賊に襲われた。庶民のささやかな夢を踏みにじる卑劣なカラクリを三左衛門の人情小太刀が斬る‼

坂岡真
照れ降れ長屋風聞帖【五】
あやめ河岸《がし》
長編時代小説
殺された魚問屋の主の財布から、別人宛ての遊女の起請文が見つかった。痴情のもつれを装って闇に蠢く巨悪を、同心の半四郎が追う‼

坂岡真
照れ降れ長屋風聞帖【六】
子授け銀杏《いちょう》
長編時代小説
照降長屋に越してきた剽軽な侍、頼母が身請け話の持ち上がっている芸者に惚れた。三左衛門らは一肌脱ぐが、悲劇が頼母を襲う。

坂岡真
照れ降れ長屋風聞帖【七】
仇《あ》だ桜《ざくら》
長編時代小説
幕臣殺しの下手人として浮上した用心棒は、三左衛門を兄の仇と狙う弓削冬馬だった‼ 満開の桜の下、ついに両者は剣を交える。